La vie simple

簡素な生き方

La vie simple

シャルル・ヴァグネル

山本知子 訳

講談社

La vie simple
by
Charles Wagner

Préface

はじめに

熱でうなされたり、喉がからからに渇いた病人は、うとうとしながら夢を見ます。たとえば、清らかな小川での水浴び。あるいは、泉の澄んだ水をごくごくと飲むさま。同じように、複雑でめまぐるしい現代にあって、私たちの疲れきった魂は「簡素」を夢見ています。簡素な生き方。

この美しい名で呼ばれるものは、永遠に消え去った宝なのでしょうか？

私はそうは思いません。簡素さが特別な時代の特殊な状況でしか見られないものだとしたら、それを再び実現するのは無理でしょう。たしかに、水が濁って波立っている川下の流れを、岸辺に小枝が折り重なっている静かな渓谷に引き戻すことはできません。いろいろな文明もその起源に戻すことはできないのです。

けれども、簡素さは、経済的・社会的状況に左右されるわけではありません。簡素とは、多種多様な生き方を活気づけ、変えていくことのできる精神です。

簡素とはまた、しおたれた後悔の気持ちで追いかけるものではありません。

簡素とは、私たちが決意し、目的として努力すれば実現できるものなのです。

簡素な生き方にあこがれるとは、「人として、最高に気高い理想を実現したい」というあこがれでもあります。

これまで人間がさらなる正義と光を求めて行ってきたことはすべて、簡素な生き方に向かった動きと言えるでしょう。芸術や風習や考え方に見られる昔の人の簡素さは、何よりも価値があります。なぜなら、そこから人間の本質的な感情や、永遠の真理が浮き彫りになってくるからです。

私たちは、こうした簡素さを愛し、保つように努力しなければなりません。けれども、うわべの形にこだわり、その精神を実現しようとしない人は、歩むべき道の百分の一も進んでいないと言えるでしょう。

私たちは昔の人と同じ形で簡素になることはできません。それでも、昔と同じ精神で「簡素でありつづける」、あるいは「再び簡素になる」ことはできるはずです。私たちは昔の人とは違う小道を歩いていますが、人間としての究極の目的は変わっていません。帆船に乗っていようと蒸気船に乗っていようと、船乗りを導いてくれるのはいつでも北極星なのです。

一人ひとりが自分に合ったやり方でこの目的に向かって歩きつづけること。それこそが、昔も今も変わらず最も大切なことです。そこから外れてしまったがために、私たちは自分の人生を複雑にしてしまっているのです。

人間の内面の簡素さ。

この考え方を読者のみなさんと分かち合えたなら、私の努力も無駄ではなかったことになります。

この世界では、あまりに多くの「複雑でためにならないもの」が幅を利かせています。その結果、心を温めて生き生きとさせてくれる「真理」や「正義」や「善意」から、私たちは遠ざかってしまいます。

複雑でためにならないものでできた茨《いばら》の茂みは、「あなたとあなたの幸福を守ります」という甘い言葉で私たちを誘いこみます。しかし、その茂みに入ると光は遮断されてしまうのです。

茨の茂みは、複雑な生き方への誘惑です。その誘惑にのったところで期待はずれとなるだけです。
私たちはいったいいつになったら、そうした誘惑に対して「日が射さなくなるから、どいてくれないか」と答える勇気をもつことができるのでしょう。

一八九五年五月　パリにて

シャルル・ヴァグネル

Table des matières

簡素な生き方　目次

3 簡素な考え方 *La pensée simple*

4 簡素な言葉 *La parole simple*

7 簡素な楽しみ *Le plaisir simple*

1

La vie compliquée

複雑な生き方

このところ、ブランシャール家はてんやわんやです。それもそのはず。娘のイボンヌが来週の火曜日に結婚式を挙げるのです。きょうはもう金曜日！

プレゼントや注文した品を届けにひっきりなしに誰かがやってきます。使用人たちも大忙しです。イボンヌの両親も若いカップルも、毎日の生活どころではありません。家にいることすら、ほとんどないのですから。

一日じゅう、仕立て屋、帽子屋、カーペット屋、高級家具屋、宝石屋に足を運び、ときにはペンキ屋や建具屋が出入りしている新居のアパルトマンで作業の立ち合いをします。いろいろな手続きのためにあちこちの役場に顔を出し、煩雑な書類に埋もれた職員を眺めながら自分たちの順番を待つことも。

ようやく家に帰ると、今度は連日続いている食事会に出かける支度です。婚約祝いの会、親族紹介の食事会、結婚の契約を交わす夕食会、そしてダンスパーティー……。

午前零時ごろ、くたくたになって帰宅すると、待っているのは最近届いた品物と手紙の山です。お祝い状、挨拶状、新郎新婦の付き添いを頼んだ子どもたちからの断り状、対応が遅れた業者からの詫び状など。そのうえ最後の最後にトラブルが起きます。突然の訃報が舞いこみ結婚式の列席者の順番が変わったり、オルガンに合わせて熱唱してくれることになっていた有名女優がひどい風邪を引いてしまったり……。そうなるとまた一からやり直しです。ああ、哀れなブランシャール一家！　せっかく準備万端整えたつもりだったのに、これではいつになっても終わりません。

この家の人々はひと月以上もこんな状態です。ゆっくり休むことも、たった一時間ひとりになることも、おだやかに言葉を交わし合うことすらないのです。こうなるともう、生活とはいえません。

幸いにも、この家にはおばあさまの部屋がありました。おばあさまは齢《よわい》八〇歳。これまでたくさんの苦難を乗り越えて一生懸命働いてきました。ですから、どんなことにも、高い見識と思いやりを兼ね備えた者に特有の、自信と落ち着きをもって向き合うことができます。

おばあさまはほとんどいつも同じ肘掛け椅子《ひじかいす》に座っていますが、長時間静かに瞑想《めいそう》することが大好きです。だからこそ、家じゅうで猛威を振るう「あわただしさの嵐」も、おばあさまの部屋の扉の前に来たとたん、尊敬の念をこめてぴたっと止むのです。静かなこの部屋に近づくと、大きな声も鎮まりばたばたした足音も控えめになります。

若い二人も喧噪から逃れたいときには、束の間《つかま》この部屋に避難します。すると、おばあさまはこう言います。

「まあ、そんなにイライラして、かわいそうな子たちだこと！　少し二人きりで休みなさいな。それが大切。ほかのことはたいしたことじゃないのよ。気にするほどのことじゃないからね」

若い二人は、まさにそのとおりだと感じていました。

ここ数週間、ありとあらゆる取り決めや頼みごとや、たいして意味のないことのためにどれだけ二人の愛を犠牲にしてきたか。人生の転機ともいえるこの時期に、心から大切だと思えることからはいつも気持ちを引き離され、あれこれと雑事にばかり心を砕かなくてはならないからです。

おばあさまがにっこり微笑んで語る言葉に、二人とも大きくうなずきました。

「まったく、この世はなんて複雑になってしまったのかしらねえ。それで人間が幸せになったかというと、そうじゃない……。むしろ逆だものね！」

お金があればあるほど必要なものが増える

私は、この素敵なおばあさまの意見に大いに賛成です。

ゆりかごから墓場まで、現代人ははてしない複雑さにがんじがらめになっています。複雑な欲求、複雑な楽しみ、世界や自分自身のとらえ方も複雑です。

考えたり、行動したり、楽しんだりすることも、そして死ぬことさえ、もはや複雑でないことなど何ひとつありません。

私たちは自らの手で人生を複雑な問題だらけにして、楽しみを取り去ってしまったのです。

うわべをとりつくろっただけの複雑な生き方をし、その後遺症に苦しんでいる人はたくさんいるはずです。そこで私は、そうした思いを言葉で表現し、「何もかもが複雑だ」とただ嘆いている人々を、なんとか励ましたいのです。

まずは、知っておくべき真実が浮き彫りになるようないくつかの事実を挙げましょう。

生き方の複雑さは、私たちの物質的欲求のなかに見られます。

いまや世界じゅうで、「お金があればあるほど必要なものも増えていく」という現象が起きています。そのこと自体が悪いわけではありません。必要なものへの欲求があってこそ、進歩があるともいえるからです。

「清潔で健康的な住まいで暮らしたい」

「栄養に気をつけたい」

「教養を身につけたい」

このような欲求を感じるのは、人としてすぐれている証拠です。

けれども生きていくうえで当然の権利である「望ましい欲求」もあれば、寄生虫のように私たちに大きな犠牲を強いる「有害な欲求」もあります。この有害な欲求は数が多く、他人に対して尊大になるという性格をもっています。そのため、悩みを引き起こすのです。

私たちの祖先に「人間はやがて、物質的な生活を保つために必要な道具をすべて持てるようになる」と予告できたとしたらどうでしょう？

祖先たちはきっと、「人間はもっと自立して、もっと幸福になるだろう。生きるために必要なものを求めて競争することもなくなる」と想像するのではないでしょうか。さまざまな活動に役立つ手段がどんどん改良された結果、生活はシンプルになり、誰もが高い徳をもつようになると考えたのではないでしょうか。

ところが、現実はまったくそうはなっていません。幸福も社会平和も善き行いをするためのエネルギーも、以前より大きくなどなっていないのです。

たとえば、あなたの国の人は昔に比べて日々に満足し、確かな未来を描くことができているでしょうか？　私は存在理由《レゾンデートル》を問題にしたいのではありません。実際に現代の人々がそんなふうに見えるか、と問いたいのです。

私が見たところ、現代のほとんどの人が自分の境遇に不満を覚え、何よりも物質的欲求に振りまわされ、未来への不安にとらわれているようです。昔の人たちより良いものを食べ、良い服を着て、良い家に住むようにならなければ、食事や住まいはこれほどの大問題にも最優先事項にもならなかったはずです。

「何を食べよう？　何を飲もう？　何を着よう？」

そんなふうに考えるのは、貧しくて明日の食べ物や住まいに不安を抱えている人だけだと思うのは大間違いです。そういう人たちが食住を心配するのは当然ですが、それはいたってシンプルな問題にすぎません。

ところが、自分が持っているものに対する満足感は、持っていないものへの執着によって驚くほどかき乱されます。

生活が贅沢になるにつれて、将来への物質的不安が大きくなる。そういう現実を知るためには、ゆとりある暮らしをしている人、とくに富裕な人たちを見てみるといいのです。

ドレスを一着しか持っていなければ、「明日何を着よう？」と迷うことはないでしょう。必要最低限の食べ物しか手元になければ、明日の献立に悩みません。つまり、欲求こそが満足感のハードルを高くするという法則が成り立つのです。そうであれば当然、「お金を持てば持つほどお金が必要」になります。

明日が保証されている人ほどお金の心配をし、自分ばかりか子どもや子孫にまでどうやって財産を残そうかと思いわずらう羽目に陥ります。財を成した者の不安がどんなものか、その程度や範囲がどれぐらいか、その微妙なニュアンスがどうかなど、言葉で表しきれるものではないでしょう。

物質的な豊かさが増すほど「幸福になる力」をなくす

生活環境によって違いはあるものの、いまやどんな社会階層においても、動揺や複雑な精神状態が広がっています。その様子はまるで、満足していたかと思うとすぐに不満になる、甘やかされた子どものようです。

私たち人間は、「自分は前より幸せだ」と感じないかぎり、仲良く平和に暮らしていくことはできません。

甘やかされた子どもがしょっちゅう激しい喧嘩をするのと同じです。欲求や欲望が大きくなればなるほど、仲間と争う機会も多くなるのです。そしていさかいは、その理由が正当でなければないほど、憎しみのこもったものになります。

食べ物や最低限必要なもののために闘うのは、いわば自然の法則です。一見、残酷な闘いに映るかもしれませんが、その残酷さはやむをえないものであり、通常は単純な残酷さに限られます。

ところが、余分なもの、野心、特権、気まぐれ、肉体的な享楽のための闘いとなると、話が違ってきます。人間は、空腹なだけでは卑劣な行為にまではおよびません。ですが、野心や貪欲さや不道徳な快楽への渇望は、私たちを卑劣な行為に向かわせます。利己主義《エゴイズム》は洗練されればされるほど有害になるのです。だからこそ、いまや仲間同士の敵愾心《てきがいしん》がどんどん強くなり、私たちの心はまったく休まることがなくなっています。

人間ははたして、昔に比べて「より善き者」になったのでしょうか？

「善きこと」の源は、自分自身の外にある何かを愛するという人間の能力にあるのではないでしょうか？

物質的なこだわり、不自然な欲求、野心、恨み、妄想を満たすための人生に、隣人のための場所などあるのでしょうか？

欲に仕えていると、欲はどんどん大きくなり、いずれ自分の手に負えなくなります。

欲の奴隷となったが最後、道徳もエネルギーも失われ、善とは何かを見きわめてそれを実行することもできなくなります。心のなかが無秩序になり、ついには外見までだらしなくなっていきます。

「道徳的生活」とは自分自身をコントロールすることであり、反対に「道徳に欠ける生活」とは欲求や情念に支配される状態を言います。

欲の奴隷となった人にとっては、所有することが何にもまさる善であり、すべての善の源です。そういう人は、激しい競争のなかで何かを所有している人を憎み、所有権が他人の手のうちにあるときには、その権利を否定しようとします。けれども、他人の所有権を攻撃することこそ、その人が所有することに強くこだわっている何よりの証拠なのです。

欲にとらわれた世界では、ものも人間も最後にはその商品価値、つまり、「そこからどれだけの利益が引きだせるか」によって評価されます。何ももたらさないものはなんの価値もなく、何も所有しない人は何者でもありません。貧困は恥ずかしいことと見なされ、お金は、いかに汚いことをして稼いだとしても価値があるとみなされます……。

こういう話をすると、「あなたは進歩を否定し、古き良き時代の禁欲主義に戻るべきだと主張するのですか?」と反論されるかもしれません。いいえ、私が言いたいのは決してそういうことではありません。

過去を蘇《よみがえ》らせようとすることは、最も不毛で最も危険な幻想にすぎません。善き人生を歩む秘訣は、人生からリタイアすることではないのです。

私たちは、社会の進歩を妨げる誤りに光を当てて、改善策を見つけなければなりません。その誤りとは、「人間はうわべの充足感が増せばより幸せになり、より善き者となる」という考え方です。社会的に認められているこの原則ほどいんちき臭いものはありません。

人間は、物質的な豊かさが増せば増すほど、幸福になる能力が低くなり品位も落ちていくことが、数々の例によって証明されています。

文明の価値は、その中心にいる人間の価値で決まるものです。人間が道徳の方向性を失うと、どんな進歩も私たちの間に蔓延している病を悪化させるだけとなり、社会的な問題をいっそう複雑にしてしまいます。

自由とは「心の掟」にしたがうこと

次に、教育と自由について考えてみましょう。

その昔、預言者たちは「悪しき土地を神の国に変えるためには、互いに手を結んでいる三つの力を打ち倒しさえすればいい」と告げました。三つの力とは、貧困と無知と横暴です。貧困が明らかに少なくなったにもかかわらず、人間は以前より幸福にも、より善き者にもなっていません。

さまざまな配慮がなされた教育によって、人は幸せになったり、善き者になったりしたのかと言えば、今のところそうは思えません。教育にたずさわっている人たちが心配しているのはまさにその点です。だからと言って、教育などやめてしまって、学校を閉鎖せよと言っているわけではありません。文明の原動力になるものはなんでもそうですが、教育も結局はひとつの道具にすぎないのです。すべては、その使い手にかかっています。

自由についても同じことが言えるでしょう。自由は使い方によって害になることもあれば、役に立つこともあります。ところで自由とは、それが悪者たちの手に渡った場合でも、乱暴でだらしない人のものになった場合でも、自由なままでいられるのでしょうか？　そもそも自由とは、高等な生物の内面がゆっくりと成長していくことによって醸しだされる「すぐれた生き方の雰囲気」なのです。

どんな生物にも掟が必要です。人間には、下等な生物よりさらに掟が必要となります。人間社会は動物や植物の社会より貴重で繊細だからです。

人間のための掟というと、まずは人間同士、つまり外的な掟が思い浮かびますが、それはまた、一人ひとりの内面の掟にもなります。

自分の心のなかの掟を自覚して大切にする人は、その掟にしたがいます。すると、自由に生きるのにふさわしい存在となります。心のなかに崇高で揺るぎのない掟をもたないかぎり、自由の空気を吸うことはできないのです。自由の空気は、ときに人間を酔わせたり動揺させたり、精神的に殺したりすることがあるからです。

自分の心の掟に導かれると、もはや権威を振りかざした外的な掟のもとでは生きられなくなります。成長した鳥が卵の殻のなかに閉じこめられたままでいられないのと同じことです。いっぽう、卵のなかの雛が殻に守られないと生きていけないように、自分で自分を支配できない人は自由の下では生きていけません。これはとても単純な原則で、昔もいまも変わらない真理です。

心の掟がなければ、自分自身を支配することなどできません。それなのに、大人であれ子どもであれ、この真理をきちんと理解している人はどれぐらいいるのでしょう？

自由、それは尊敬です。自由、それは心のなかの掟にしたがうことです。その掟は、権力者たちの楽しみでもなければ、群衆の気まぐれでもありません。国の指導者でさえ、その前では頭を下げるべき、すぐれたルールなのです。

それでは、自由はなくなるべきなのでしょうか？　そうではありません。ただし、意味がある自由、価値のある自由でなければなりません。そうでないと人間は社会生活を送ることができず、規律がないためにわがまま放題になり、国全体が衆愚政治《デマゴギー》のカオスに陥ってしまうでしょう。

良いランプとは、明るく照らすランプ

私たちの生活を混乱させ複雑にする要因の一つひとつに名前を付けて並べたら、さぞや長いリストになるでしょう。しかし、すべてはたったひとつの原因に集約できます。それは、「本質的なものと余計なものが入り混じっている」ことです。

充足感も教育も自由も、すなわち「文明」と呼ばれるものはすべて、絵画を飾る額のようなものです。修道服が修道士をつくるのではなく、軍服が兵士をつくるのではないのと同じで、額が絵画をつくるわけではありません。ここで言う「絵画」とは、意識や性格や意志をもった人間を意味します。

額を手入れしてきれいにしている間は、ついつい絵のことを忘れ、絵をないがしろにし

て、ときには傷めてしまいます。だからこそ表面的には豊かであっても、精神生活はみじめなのです。実際にはなくてもさほど困らないものはたくさんもっているのに、唯一必要なものをもっていないがために、限りなく貧しいのです。つまり、自分という深い存在が目覚め、「愛したい」「希望をもちたい」「運命を実現したい」という欲求がわき上がってきたとしても、生きたまま埋められてしまったような不安に駆られてしまいます。自分の上にあまり意味のないものばかりが降り注ぎ、それが積もり積もって、ついには空気と光を奪われて窒息してしまうのです。

真の人生を救いだし、解き放ち、名誉あるものに立て直し、すべてのものを正しい場所に戻さなければなりません。人間の進歩の中心は道徳的教養にあることを思いださなければなりません。

良いランプとはどんなものでしょうか？　それは、豪華な飾りのあるランプでも、手のこんだ彫刻が施されたランプでも、高価な金属でできたランプでもありません。良いランプとは、明るく照らすランプです。

同じように、財の大きさや楽しみの数、芸術的教養や名誉や自立性といったものが、善き人間をつくるわけではありません。精神的な強さが人間をつくるのです。このことは現代に限らず、どんな時代においても真実です。

いつの時代も、人間は、知識や技術によってうわべをいくら洗練させても、自分の内面について思い悩むことからは逃れられませんでした。

世界の様相は変化します。生きていくための知的条件や物理的条件もどんどん変わっていきます。変化の急激さはときには危険なほどですが、誰ひとりその変化に逆らうことはできません。

重要なことは、変化していく状況においても人間らしさを失わず、精一杯生き、目的に向かって歩きつづけることです。

どんな道であろうと、目的に向かって歩くためには、抜け道を通って迷ったり、無意味な重荷を背負ったりしてはいけません。自分の方向、自分の力、自分の名誉について注意しながら前進しつづけるためには、ある程度の犠牲を払ったとしても、荷物をシンプルなものにしなければならないのです。

2

L'esprit de simplicité

簡素な精神

私たちが強く望んでいる「簡素」に回帰するには、何をすべきでしょうか?

その説明の前に、簡素の原理そのものを定義しなければなりません。ここにも先ほどお話ししたのと同じ誤りがあるからです。つまり「本質的なもの」と「付随的なもの」、言いかえれば「基盤」と「形」を混同しているという誤りです。

簡素には、外から見えるいくつかの特徴があります。そして誰もが、その特徴にこそ簡素さが存在すると思いがちです。簡素と簡素に見える状態は同じではないのです。質素でシンプルな服装、豪華ではなくシンプルな住まい、平凡さ、貧しさ……、これらはすべて一緒に歩んでいるように見えますが、そうではありません。


たとえば、道で三人の男に出会ったとします。ひとりは車に乗っていて、ひとりは靴を履いていて、ひとりは裸足です。

「このなかでいちばん簡素に生きている人は誰か?」

答えは、必ずしも裸足の男とは限りません。

車に乗っている人は最も贅沢な状況にいながら簡素であり、富を持っていても富の奴隷ではないかもしれません。

同じように、靴を履いている人は車に乗っている人をうらやましいと思わず、裸足の人を軽蔑しないかもしれません。

さらに、ぼろをまとって足がほこりまみれでも、裸足の人は簡素な生き方や仕事や節度を憎み、楽な暮らしと享楽と無為だけを夢見ているかもしれません。

「本当の簡素さ」と「借り物の簡素さ」を混同してはいけない

最も簡素ではない人間は、物乞いだけで生きている人、詐欺師、寄食者。そして、人にこびへつらったり、誰かをねたんだりする人です。そういう人たちは、この世界で幸福な人が手にしているものの分け前にあずかりたいと願い、しかも自分の取り分を少しでも多くしようとします。

また、どんな環境で生きていても、野心家、悪賢い人、軟弱な人、守銭奴、傲慢な人、気取り屋なども簡素ではない人間に分類されます。

身なりだけではなく、その人の心を見ないかぎり、何もわからないものなのです。

貧しい階層に属していれば簡素という特権をもてるというわけではありません。

服装がいかに飾り気なくシンプルであっても、その人が簡素であることの確かな印にはなりません。

また、簡素さが存在する場所は、必ずしも質素な屋根裏部屋ではありません。あばら屋でもなければ、苦行者がこもる部屋でも、貧しい漁師の舟でもありません。

どんなライフスタイルでも、どんな社会的地位でも、身分が低かろうが高かろうが、簡素な人とそうでない人がいます。

だからといって、簡素さには外から見える特徴がまったくないというわけではありません。特別な行動や嗜好や習慣があるにはあります。ただし、その気になれば誰もが真似できるような「借りものの簡素さ」と、簡素の本質や深い根源とを混同してはいけません。簡素の根源は、完全に人間の内面にあるからです。

簡素とは、私たちの行動の動機となる意志のなかに存在します。簡素とは心の状態なのです。自分があるべき姿になろうとしているとき、つまり、まぎれもなく人間でありたいと考えているとき、その人は簡素です。簡素になることは、想像するほど簡単ではありませんが、決して不可能でもありません。

簡素になるとは、自分の望みや行動を自分の心の掟と一致させること。

そして「このような人間として存在してほしい」という神の永遠の意図と、自分の在り方を一致させることです。たとえば、花は花であり、ツバメはツバメであり、岩は岩であり、人間は人間です。キツネでもウサギでもワシでもブタでもありません。

自分が授かった材料で何をつくるのか

こう考えていくと、人間の理想の姿とはどういうものかがわかってくるでしょう。すべての生物は、その実体と力が結びついてひとつの目的に向かっています。いわば、粗削りだった材料がより高度なものへと加工されるのです。人間についても同じことが言えます。

人間の存在も、材料のようなものです。そして材料そのものより、そこから何をつくるかのほうがずっと大切です。芸術作品と同じように、作者がそこに何を描いたのかが評価されるべきなのです。

私たちはいろいろなものを授かって生まれてきます。ある人は黄金を、ある人は御影石を、ある人は大理石を、そしてたいていの人は木や粘土を授かっています。私たちの仕事は、そうした材料を加工することにあります。

生まれながらに授かった貴重な材料を台なしにしてしまうこともあれば、反対に、価値のない材料から不朽の名作をつくりだすこともできるのです。

芸術とは、「永遠に変わらない観念《イデア》」を「束の間の形」で表すこと、と定義できます。そして真の生き方とは、どこであれ、また外側の形がどうであれ、日常の活動のなかに「正義」「愛情」「真理」「自由」「精神的エネルギー」といった高等な財をつくりだすことです。

どんな社会的状況であれ、生まれつきの才能がどうであれ、誰でも真の生き方を実現することができます。人生の価値をつくりだすのは個人的な特権や財産ではなく、「そこから何が引きだされるのか」が大切なのです。

一瞬の輝きなど「人生の長さ」と同じでたいした意味をもちません。大事なのは「人生の質」です。こうした見地に達するには、努力と闘いが不可欠です。

簡素な精神とは、受け継がれる財産から生まれるのではなく、勤勉さの積み重ねの結果です。良く生きることとは、良く考え、生き方を簡素にすること。そのことにつきます。

「心の掟」で毎日の習慣が変わる

誰もが知っているように、科学とはいろいろな事例を集め、そこからいくつかの法則を引きだすことで成り立っています。何世紀にもわたって研究が続き、どれほど試行錯誤が繰り返されたとしても、たいていはたった一行で表される法則に要約されます。その点は、科学も道徳的生活も同じです。

道徳的生活もまた混沌から始まり、試行錯誤しながら自分自身を探し求め、しかもしばしば間違いを犯します。それでも必死に歩み、自分の行動を真摯《しんし》に見直すことによって、人生をよりはっきりと理解できるようになります。そこにあるものこそ、掟なのです。「自分の使命を果たす」という掟です。

この掟以外のことに心を奪われると、私たちは自分自身の存在理由を失います。エゴイスト、享楽主義者、野心家になってしまいます。まだ穂が出ていない麦を食べるように、自分の存在を食いつぶしてしまうのです。もちろん、そこに実は結ばれません。

こうした生き方は、「失われた生き方」と言っていいでしょう。反対に「善きこと」のために人生を捧げる人は、自分の人生を救うことができます。

道徳的な教えは、うわべしか見ない人たちには独断的に見え、生きる情熱を妨げるもののように映るかもしれません。しかし道徳は、たったひとつの目的しかもっていません。

「無益に生きることから私たちを守る」

これが道徳の目的です。だからこそ道徳は、私たちを常に同じ方向に導いてくれます。道徳とは、人生を浪費せずに実り豊かなものにする案内役であり、人生の道に迷わないようにする道しるべです。

人類がこれまで経験したことの目的も、これと同じです。誰もが自分自身のために同じ経験を繰り返さなければなりませんが、払った代償が多ければ多いほど、経験は貴重なものとなります。経験に照らすことで、道徳的に確かなアプローチができるようになり、自分の方向を決める際の原理原則となる「心の掟」をもてるようになります。不安定で複雑だった人でも、簡素になれるのです。

「心の掟」がだんだんと大きな意味をもち、毎日の暮らしのなかで検証されると、その人の判断と習慣に変化が起きます。

真の生き方の美しさや偉大さ、真理や正義や善意のための人類の闘いにおける聖なるものや感動的なものにいったん心がとらえられると、その魅力はずっと心から離れません。しかもその魅力は長く持続するので、必然的にすべてはそこに導かれます。心のなかに、権力と力の序列がつくられるのです。本質的なものが命令を下し、付随的なものがそれにしたがう。簡素からはそうした秩序が生まれます。

人間の内面のメカニズムは、軍隊に似たところがあります。軍隊は、規律によって強くなります。規律は、下の者から上の者への尊敬と、全員がひとつの目的に向かうエネルギーの集中で成り立っています。軍隊では、規律がゆるむとすぐに問題が起きます。意思決定をするのは将軍であって、伍長が将軍に命令してはなりません。

あなたの生活と他の人の生活、そして社会生活を慎重に検討してみましょう。何かがうまくいかずにぎくしゃくしていて、混乱や無秩序が見られるとしたら、命令系統が間違っているのです。簡素という掟が心のなかにできあがれば、無秩序な状態も消滅します。

簡素については、言葉ではとても言いつくせません。簡素とは、それほどまでにすばらしいものです。世界の力と美しさ、真の喜びは簡素からもたらされます。

私たちを慰めて希望を大きくしてくれるもの、暗い小道に射しこむ一筋の光となるもの、貧しい生活を通して崇高な目的と広大な未来を予見させてくれるものすべてが、簡素な存在から生まれてくるのです。

「生き方」の科学とは自分の人生を最も重要なものに与える方法を知ることです。そのことを理解し、エゴイズムや虚栄心を一時的に満足させることとは別の目標に向かう人こそが、簡素な人間と言えるでしょう。

3

La pensée simple

簡素な考え方

余計なものを取り除かなければならないのは、行動しているときだけではありません。頭のなかで考えているときにもまた、気をつけなければなりません。

人間の考えは混沌としています。私たちはときには、藪のなかに迷いこみ、方向を見失ったまま歩いているような状態となります。

ところが「自分には目的があり、その目的は真の人間になることだ」と自覚したとたんに、頭のなかで考えを整理するようになります。そして、自分をより善き者、より強い者にしてくれない考え方や判断の仕方は不健全であると見なして、拒絶するようになります。

まずは、「考えること」を遊び道具にするという悪い癖をやめなければなりません。思考とは、それ全体が大きな働きをもつ、とてもまじめな道具です。決しておもちゃではないのです。

画家のアトリエをイメージしてみましょう。

アトリエには、いろいろな道具が定位置に置かれています。使いやすく配置されているのは一目瞭然です。では、そこにサルを何匹か入れたらどうなるでしょう？　サルは仕事机によじ登り、ロープにぶら下がり、カンバス地を身体に巻きつけ、スリッパを頭にのせ、絵筆を投げ、絵の具をなめ、さらには、肖像画に描かれたお腹のなかに何があるのかを見たくて絵に穴をあけるかもしれません。たしかにサルは楽しいでしょう。面白くてしかたがないのです。けれどもアトリエは、サルに好き放題させるためにつくられたのではありません。

同じように、思考は遊ぶためのものではないのです。人間は、自分の在り方や愛し方と同じような考え方をします。すべてを見てすべてを知るという口実の下に、行き当たりばったりの不毛な好奇心によって考えるのではなく、心の奥から考えることが重要です。

自分について考えすぎない

何かにつけて自分自身について考えをめぐらし、自己分析をする習慣は、不自然な生き方につきものです。そんな癖があるのなら、できるだけ早く改めなければなりません。

私は、自分の内面を観察することや自己分析をすることが悪いと言っているのではありません。自分の心のなかや行動の動機をはっきり見ようとするのは、善き人生の重要な要素です。しかし、用心深くなりすぎて自分の生き方や考え方を絶え間なくチェックし、機械のように自分自身を分解してみるのは、また別の話です。そんなことをしても時間の無駄で、むしろ機械の調子は悪くなってしまいます。稼働の準備をするときに、念には念を入れようとあまりに細かくテストしていたら、スタートする前に機械がばらばらになりかねません。「あなたは歩きだすためのものをすでにもっています。さっさと前に進みましょう！　転ばないように気をつけて、理性的に自分の力を利用することです」

些細なことにこだわったり、悩みがあることを売りものにしたりする人は、結局は何ひとつ行動に移しません。少しでも良識があれば、人間は自分のことだけを考えるためにつくられているわけではないと気づくはずです。

良識とは人類の財産

「良識」という言葉が示すものは、古き良き習慣と同じで、いまやめったにお目にかかれないのではないでしょうか？

良識はもはや時代遅れで別のものが必要だ。そう考えた結果、私たちは単純なことを意味もなく複雑にしています。

単純なことを複雑に行えば、一見、万人にはできない洗練された行動に見えます。しかも、ほかの人と違うことをするのはとても気分がいいものです。だから私たちは、自由に使える良い方法がすでにあっても別の方法を選び、驚くほど突飛なことをしてみます。単純な道を歩まずに、あえて脱線するのです。

しかし、良識というまっすぐな道からはずれようとすると、ゆがみやねじれや揺れが生じます。それは身体のゆがみや湾曲より何倍もひどいものです。結局のところ「いったんゆがんだら、いろいろな不具合が起きるものだ」ということを、高い授業料を払って学ぶことになります。

新しいもの、珍しいものは、決して長続きしません。「凡庸なもの」ほど長く続きます。逆に言えば、凡庸さから遠ざかると危険な目にあいます。こう考えていくと、凡庸に立ち戻って、再び簡素になれる人は幸せです。

良識とは、生まれつき備わった性格だと思われがちですが、それは、誰もが簡単に手に入れられるような世俗的でありふれたものではありません。

良識とは、たとえて言えば、人々の心そのものから生まれ、誰がつくったのかわからなくても人気のある、古い歌のようなものです。良識とは、何世紀ものあいだにこつこつと時間をかけて貯めこまれた資本金です。純粋な宝であり、その価値は失って初めてわかります。

良識を身につけてそれを保つためなら、さらに洞察力や正しい判断力をもちつづけるためなら、どんな苦労もいとうべきではない、というのが私の持論です。剣を持っていれば、それが曲がったり錆びたりしないように気をつけなければなりません。まして自分の考え方に対しては、できるだけ注意深くなければなりません。

ここでひとつ、はっきりさせておきたいことがあります。「良識をもつ」とは、低俗な考え方を身につけることではありません。また、「目に見えないものや触れられないものはすべて否定する」という偏った実証主義でもありません。なぜなら、低俗な考え方とは物質的な執着に人間を取りこむことであり、人間の内面のすぐれた現実を忘れ去ることと同じだからです。つまり、どちらも良識に欠けています。

考えることで立ち止まらない

ここで、人間の最も大きな問題のひとつに触れましょう。私たちは、生き方のひとつの概念に到達するために闘い、数多くの謎や苦難を通してその概念を探しつづけています。

ところが、生き方のプログラムというのは恐ろしいほど単純です。さらに日々の暮らしとは、避けようがない差し迫った問題の連続であり、私たちが「暮らしとは何か」という観念をつくりだすより先に暮らしがあるのです。つまり、「生きるとは何か」を考え、完全に理解するまで生きるのを待ってもらえるわけではない、ということです。

私たちはいたるところで、自分の哲学や信念、ときには自分のものの見方とともにさまざまな事実に対処します。こうした事実こそが、ときには自分なりの考え方で人生とは何かを推論し、ときには哲学的な考察が終わるまで行動しようとしない私たちを、秩序へと呼び戻してくれます。だからこそ、「自分の道はこれでいいのだろうか？」と疑って立ち止まったとしても、世界は止まらずにいるのです。

一日だけの旅人として、私たちは毎日さまざまな出来事に巻きこまれ、それにかかわることを求められます。何が起きるかは予想できず、全体像は把握できず、最終目的が何であるかもわかりません。それでも私たちがなすべきことは、自分に割り当てられた役割を忠実に果たすことです。私たちの考え方も、そうした状況に適応していなければなりません。「昔に比べて難しい時代なのだから」などとは言わないようにしましょう。多くの場合、遠くからではものごとははっきり見えません。そもそも、祖父の時代に生まれればよかったなどと嘆くのはお門違いです。

どこにいようが、どんな時代だろうが、正しく考えるのは難しいことです。それは昔も今もまったく変わりません。

この観点に立てば、人による違いなど何もない、と付け加えることができます。したがう側であろうと命令する側であろうと、教師だろうと生徒だろうと、作家だろうと裁判官だろうと、真実を見分けるにはそれなりの苦労が必要です。

人はパンによってではなく自信によって生きる

人間は進歩することで、きわめて役に立ついくつかの光を手に入れてきましたが、そうした光はまた、人間が抱えている問題がいかに多く、いかに広範に渡っているかも明らかにしました。困難は決してなくならず、知性には障害がつきものです。未知のものが私たちを支配し、あちこちから締めつけます。

とはいえ、渇きを癒やすのにすべての水源を空にする必要がないのと同じで、人が生きるためにすべてを知る必要はありません。いくつかの基本的な「糧」があれば生きていけます。これまでもそうやって生きてきたのですから。

では、基本的な糧とはなんでしょうか?

まず、人間は「信頼」という糧によって生きています。

人間は、心の奥の見えないところにあるものを、思想として意識的に反映させることしかできません。存在するものすべてのなかに、「宇宙は揺るぎなく知的に構成されている」ということへの信頼が眠っています。

花も木も動物も、安全な静けさのなかに生きています。空から降ってくる雨にも、目覚める朝にも、海へと流れる小川のなかにも信頼があります。存在しているすべてのものは、こう言っているように思えます。

「私はここにいる。私はここにいなければならない。それには立派な理由がある。だから安心して落ち着いていよう」

同じように人間も自信をもって生きています。存在するというまさにそのことによって、存在する十分な理由と確信の証を自分のなかにもっているのです。かつて人間が存在することを望んだ、神のその意志のなかに信頼が宿っているのです。

自信をもちつづけ、その自信を何者にも乱されず、反対に自信をつちかい、その自信をより個人的でより明らかなものにする。私たちの思想は何よりもまず、そのことに向けられるべきです。私たちの自信を強めてくれるものは、なんであれ「善きもの」です。なぜなら、そこから静かなエネルギー、落ち着いた活動、人生と実り多い勤労への愛が生まれてくるからです。

基本的な自信とは、私たちのなかで存在の力となるすべてのものを動かす不思議なバネのようなものです。

自信が私たちに活力を与えてくれます。人間はパンによってではなく、自信によって養われるのです。そのため、自信を揺るがすものはすべて悪しきものと言えるでしょう。それはもはや糧ではなく毒なのです。

理屈よりも希望を選ぶ

自信をもって生きれば、希望とともに生きられます。「希望」とは、自信が未来に向けられたときの形なのです。

人生はひとつの結果であり、ひとつのあこがれです。存在するすべてのものは、ひとつの出発点を前提としてひとつの到達点に向かっています。生きるとは自分が何者かになることであり、何者かになるとは、あこがれることです。

広大な未来は無限の希望によって実現します。ものごとの深奥に希望があり、希望は心のなかに反映されなければなりません。希望がなければ人生もありません。私たちを存在させている力が、私たちをさらに高いところに運んでくれます。

私たちを前進させるこの粘り強い本能の意味するところは、いったいなんでしょう？　その真の意味は、人生からは何かが結果として生まれなければならず、人生そのものより偉大な「善」がそこでつくられ、その善に向かって人生はゆっくりと動いていくという点にあります。

人間と呼ばれる痛ましい種を蒔《ま》く者は、明日をあてにする必要があります。人間の歴史とは決して抗《あらが》えない歴史です。そうでなければ、ずいぶん前にすべては終わってしまっていたでしょう。重荷を背負って歩き、闇のなかを導かれ、倒れても立ち上がり、死を迎えるときでさえ自暴自棄にならずにいるために、人間はいつでも、なんの望みもないときでさえ、希望を抱くことを必要としました。希望こそが、人間を支える、いわば強壮剤なのです。

人間が希望をもたずに、理屈しかもっていなかったら、ずいぶん前にこんな結論に導かれていたでしょう。

「どこにいても最後に勝つのは死である」

そして、この考えとともに人間は死に絶えていたでしょう。しかし、人間は希望をもっていました。おかげで私たちは今でも生きていて、人生を信じています。

ドイツの偉大な神秘思想家であり修道士でもあったソイゼは、最も簡素で最も善き者のひとりですが、感動的な習慣をもっていました。女性に出会うたびに、その女性がどんなに貧しくともどんなに年老いていても、うやうやしく道をあけるという習慣です。たとえ自分は茨のなかや泥だらけの溝に足を突っこまなければならなかったとしても、その習慣を守り通しました。「私の聖母マリアに敬意を表するためにそうしているのです」と言いながら。

希望に対しても、同じような敬意をもちましょう。

畝《うね》から出てくる一本の麦。卵をかえして雛を育てる鳥。

傷ついて身を縮めても、起き上がって歩きつづける動物。

雹《ひょう》や大水に襲われた畑を耕し、再び種を蒔く農夫。

戦争による損害や痛手から少しずつ立ち直る市民。

どんな形をしていようと、どんなにひ弱でつましい外観をしていようと、あなたが出会った希望に敬意を表しましょう！　伝説、素朴な歌、信仰においても、出会った希望に敬意を表しましょう！　どれもみな、破壊することができない存在なのですから。


それにしても私たちは、あまりに希望をもたなさすぎではないでしょうか。現代人は、奇妙な臆病さを身につけてしまったようです。かつてゴール人の先祖たちは空が上から落ちてくるのではないかと恐れていました。同じように、恐れにおける不条理のきわみとも言えるものが、私たちの心のなかに入りこんでいるのです。

水滴が海を疑うでしょうか？　光が太陽を疑うでしょうか？　それなのに、私たちの知恵は、疑いを抱いています。知恵は、絶えず不平を言う年老いた学者に似ています。若い生徒たちの情熱や陽気ないたずらを頭ごなしに叱りつけることが、自分の重要な役割だと思いこんでいる大先生のようなものです。

しかし今こそ、私たちが子どもに戻るときです。

手に手を取ることを学び直すときです。

自分たちを包みこんでいる神秘に目を開くときです。

「知性があるにもかかわらず、人間はほとんど何も知らない」と悟るときです。


世界は人間の頭脳よりずっと大きく、それは人間にとっては幸せなことなのだと思いだすときが来ています。なぜなら世界が未知の資源を隠しもっているのであれば、人間はためらうことなく全面的に世界を信頼できるからです。

世界を支払い能力のない債務者のように扱ってはいけません。その勇気を蘇らせ、希望という名の聖なる炎を再びともさなければなりません。太陽はまた昇り、大地には再び花が咲き、鳥は巣をつくり、母親は子どもに微笑みかけるのですから、人間であることの勇気をもち、それ以外のことは神にゆだねましょう。

幻想をなくし、醒《さ》めきった時代に心がくじけている。そんな人がいれば誰であれ、熱のこもった言葉をかけてあげたいと私は願っています。勇気を奮い起こして、もっと希望をもちましょう。間違いなく、希望をもてばもつほど、道を誤ることも少なくなるのですから。どんなに素朴な希望も、どんなに分別のある絶望より真実の近くにいるものなのです。

善良という力

人間の道を照らす光のもうひとつの源は、善意です。

悪しきものはありとあらゆる形をしていますが、最も私を脅《おび》えさせるのは、昔から受け継がれている形の悪です。下劣な本能や血液にまぎれこんだ悪徳、過去から伝えられてきた服従や依存という悪癖に毒された昔ながらのウイルスです。こうした悪に、私たちが打ち負かされなかったのはなぜでしょう？　おそらく、「善良さ」があったからです。

では、私たちの限られた理性の上に広がっている未知のものや、嘘、憎しみ、腐敗、苦しみ、死などについては、どう考えたらいいのでしょう？　私たちは何をすべきなのでしょう？　こうした疑問すべてに対して、偉大なる神秘的な声がすでに「善良であれ」と答えてくれています。

善良さは、信頼や希望と同じように崇高なものです。善良さに対抗するものがどれほど強くても、善良さが滅びることはありません。善良さの敵として、「人間のなかの野獣」とも呼ぶべき生まれながらの凶暴さが存在します。同じく善良さの敵としては、狡猾さ、権利欲、金銭欲、とりわけ忘恩が挙げられます。

吼《ほ》えたてる野獣たちのなかにいる聖なる預言者のように、たくさんの陰険な敵に囲まれている善良さが、それでも無傷で無垢でいられるのはなぜでしょう？

理由は、敵は下に存在するのに対して、善良さは高いところにあるからです。角も歯も鉤《かぎ》爪も、破壊的な炎がめらめらと燃えている瞳も、高く素早く飛び立っていく翼に対しては何もできず、捕まえることすらままなりません。つまり、善良さは、敵の企てをうまくかわすことができます。いいえ、それ以上のことができるのです。善良さはときには、迫害者たちより優位に立つという美しい勝利すら手にします。野獣たちをおとなしくさせ、足元に横たわらせ、自分にしたがわせることができるのです。

不幸な人や意地悪な人をも立ち直らせ、慰め、優しく接してくれる善良さは、その足元に光を放っています。

善良さは、ものごとを明るく照らしてシンプルにします。

善良さは最もつつましい立場を選びました。傷口を手当てし、涙を拭き、みじめさを軽くしてあげ、傷ついた心を優しくさすり、赦《ゆる》し、和解させます。それこそが、私たちが最も必要とすることなのです。

私たちは、実り多く簡素で、しかも人間の生涯に適した考え方をもつための最良の方法を探しています。その方法はこのひと言に集約されます。

「自信をもち、希望をもち、善良であれ」

私は誰に対しても高邁《こうまい》な思索を止めさせたいと思っているわけではありません。未知のものやさまざまな問題について考えたり、哲学や科学の世界で広大な深淵を覗きこんだりすることを思いとどまらせようとしているわけでもありません。

ただ言えるのは、いくら遠くまで思索の旅に出ても、必ず、今自分がいるところに戻ってこなければならないということです。しばしば目に見える結果を得られないままに地団太を踏んでいる場所に常に戻ってこなければならないのです。

なぜなら学者であれ、思想家であれ、無知な者であれ、誰にとっても同じようにものごとをはっきりとは見ることができない社会の複雑さや、生きるための条件が存在するからです。現代に生きる私たちは、しばしばそういった状況に直面します。だからこそ、簡素な考え方を提唱したいのです。

4

La parole simple

簡素な言葉

言葉は、精神を表す偉大なる手段であり、精神を他人からはっきりと見える第一の形にしたものです。「この考えにしてこの言葉あり」というわけです。

簡素をめざして生き方を変えるためには、話す言葉や書く言葉に注意しなければなりません。言葉も思想と同じくシンプルで、しかも簡素かつ本心からの自信に満ちたものでなければならないのです。正しく考え、率直に語りましょう。

情報が多いほどわかり合えなくなる

人間関係は、その基礎に相互の信頼がなければなりません。その信頼は、一人ひとりの誠実さによってつくりあげられます。誠実さが失われると、信頼が損なわれ、関係がぎくしゃくし、不安な気持ちが生まれます。物理的な利益においても精神的な利益においても、これは真理です。

絶えず警戒していなければならない相手とは、一緒に仕事をすることだけでなく、科学的真理を追求したり、宗教的理解を深めたり、正義を実現することも難しくなります。まずはそれぞれの言葉や意図をチェックしなければならず、言葉というものがすべて、相手に真理を伝えるためではなく幻想を抱かせるためにあるとしたら、人生は奇妙に複雑になってしまうでしょう。

ところが、現代を生きている私たちはまさにそういう人生を生きています。世の中には、ずるいことをしてだます人、抜け目のない人、駆け引きのうまい人があまりにたくさんいます。だからこそ、誰もが、最もシンプルなことや自分にとって最も大切なことについて情報を得るのに苦労しなければならないのです。

昔、人間のコミュニケーション手段はかなり限られていました。情報手段が洗練され、多様化すれば、いろいろなものにもっと光が当てられるようになるだろうと人々が考えたのは無理もありません。

人間は、お互いによく知ることで愛し合うことを学びます。たとえば同じ国の人々とは、いかにたくさんのものを共有しているかがわかればわかるほど絆を感じることができるのです。

印刷所がつくられたとき、人々は叫びました。「光あれ！」。読書の習慣と新聞が広まったときには、なおさらそう叫びたい気持ちになったでしょう。ですから、以下のように考えるのも当然ではないでしょうか？

「二つの光はひとつよりよく照らし、いくつもの光は二つよりよく照らす。新聞や書物が多ければ多いほど世の中で起きていることがよくわかり、これからの時代、歴史を記録しようとする人は幸せである」

両手にいっぱいの資料があるのだから、そのとおりだと思えました。ところが、どうでしょう！　この推論は、道具の質と力にばかりとらわれ、最も重要な要因である人間という要素については考慮していなかったのです。

新聞を読むほど謎が深まる

これまで、詭弁家や狡猾な人や中傷家といった、弁舌さわやかで話し言葉も書き言葉も上手に操る人たちこそが、思想を広めるためのあらゆる手段を幅広く利用してきました。その結果、どうなったでしょう？　現代人は、自分たちの時代や自分たちの出来事についての真実を知ることが、何よりも難しくなってしまったのです。

たとえば新聞の使命は、公平に包み隠さず情報を提供することで、他の国々と良好な関係を築き上げることだったはずです。それなのに、警戒心と中傷をばら撒《ま》いている新聞がいったいどれだけあるでしょう？　また世論のなかには、事実とは異なる噂や、事実や言葉についての悪意に満ちた解釈とともに、不健全でうわべだけの流れがたくさんつくりだされています。

国内の出来事についても、外国についてよりはるかに正しい情報が流れているとは言えません。商業・工業・農業についても、政党や社会的動向についても、公《おおやけ》の事件にかかわりのある人物についても、利害とは関係のない情報を得るのは容易ではありません。

新聞を読めば読むほど、事実がどうであるかがはっきりしなくなってくるのです。日によっては、新聞に書かれたことを信じると、こんな結論を出さざるをえないこともあります。「どこもかしこも、もはや堕落した人間しかいない。清廉潔白なのは数人の記者だけだ」

けれども、この最後の部分もまた誤りだと悟る日がやってきます。実際、記者たちは互いにいがみ合っています。ですから、「ヘビの戦い」と題された風刺画と似たような光景が、読者の前で繰り広げられることになります。つまり、自分の周りのものを食いつくした二匹のヘビは互いを攻撃し合い、貪《むさぼ》り合い、最後には二つの尻尾だけが残るのです。

このような状況に当惑しているのは、庶民だけではありません、教養人を含めたすべての人がそうなのです。政界にも財界にも実業界にも、ひいては科学や芸術や文学や宗教の世界にも、裏取引やトリックや駆け引きがあります。輸出用の真実もあれば、事情通のための真実もあります。結果的にすべての人がだまされることになります。また、これ以上ないほど巧みに他人をだました人が、他人の誠実さをあてにしたとたん、今度は自分がだまされる羽目に陥るのです。

言葉を操るほど信頼がなくなる

こうしたありさまがもたらした結果が、言葉の堕落です。

言葉はまず、卑しい道具としてそれを操る人によってその価値を下げてしまいます。議論好きや屁理屈をこねる人、詭弁家といった相手を打ち負かすような怒りや、自分の利益だけが重んじられるべきだという主張を声高に叫ぶ人にとっては、もはや尊重すべき言葉などありません。

そういう人は、他人を判断するときには常に、相手は自分の得することしか言っていないはずだと思います。なぜなら、自分たちがそうだからです。相手が誰であれ、相手の言葉を真剣に受け止めません。何かを書いたり、話したり、教えたりする人にとっては悲しむべき状態です。

そんなふうに堕落した言葉を発する人は、どれほど聴衆や読者を軽蔑しているのでしょう。誠実な本質をもちつづけている者にとって、信頼感に満ちた正直な人をだまそうとする話し言葉や書き言葉の軽業師《かるわざし》から発せられた皮肉ほど不愉快なものはありません。

誠実な人は、率直で、相手の言葉にきちんと耳を傾けるのに対して、軽業師たちはあくどい手口で一般の人々を馬鹿にします。けれども、そうやって嘘をつく人は、自分のやり方のどこが間違っているのかわかっていません。

信頼は、人間が生きていくための資本です。

他人から得られる信頼に勝るものはありません。誰でも裏切られたと感じるとすぐに警戒心を抱きます。たしかに、いっときはシンプルさを悪用する人間についていってしまうこともあるでしょう。ですが、しばらくすると、上々だった気分が反感に変わります。大きく開かれていたはずのドアは冷ややかに閉まり、注意深く傾けられていた耳も閉じられてしまいます。そうなると、悲しいことに、その耳は悪しきものに対してだけでなく、善きものに対しても閉ざされるのです。それこそが、言葉を歪曲させたり堕落させたりする人の罪と言えましょう。

その人たちは一般に広がる信頼感も揺るがせます。貨幣価値や金利の低下、金融機関の破産は災禍と見なされますが、それより大きな不幸は信頼が失われることです。つまり、誠実な人々が互いに与え合い、言葉が本物の貨幣のように価値をもつための精神的信頼がなくなってしまうのです。

贋金《にせがね》をつくる人、相場師、うさんくさい資本家は、公明正大なお金でさえいかがわしいものに思わせる、打倒すべき存在です。

同じように偽の言葉を話したり書いたりする者も打ち倒す必要があります。偽の言葉によって、誰も、そして何も信用できなくなり、語られたものや書かれたものの価値は贋金の価値とあまり変わらなくなってしまうからです。

一人ひとりが自らを監視し、余計なことを言わず、文章を推敲し、簡素な表現をすることが緊急に求められています。思わせぶりな言い方、もってまわった言葉、故意の言い落としや逃げ口上はもうたくさんです。それはすべてをいっしょくたにする以外のなにものでもありません。

人間たるもの、きちんとした言葉をもちましょう。

世界を救済するためには、策を弄する数年間より、誠実な一時間のほうがはるかに意味があるのです。

大切なことほど簡潔に表現する

言葉について迷信的な思いこみをしている人や、文体のもつ力を過信している人にこそ聞いてほしいことがあります。

私は優雅な言葉や洗練された文体を好む人を否定するわけではありません。言いたいことはどんなにうまく表現しても言いすぎることはないと考えています。しかし、凝った表現を使うことがうまく語り、うまく書くことではありません。言葉とは事実にとって役立つものでなければならず、事実の代わりになるものです。飾り立てるあまりに事実を忘れさせてしまうものではないはずです。

最も偉大なことは、簡素に述べられることで最大の価値を発揮します。そういうときこそ、ものごとのありのままの姿が見えるからです。だとすれば、美辞を並べた演説をする必要はありません。「作家や話し手の虚栄心」と呼ばれる、真理にとっては命取りとなるような影を投げかける必要もないのです。

シンプルであるほど、説得力をもちます。神聖な感動、残酷な痛み、偉大な献身、情熱的な感情といったものは、どんなにきれいな文章より、一瞬のまなざしや手振りや叫びによって的確に表現されます。人間の心のなかにある最も貴重なものは、最もシンプルな形で表れます。本当のことだからこそ説得力をもつのです。

あまりに慣れた言いまわしで話されたり力いっぱい叫ばれたりするより、シンプルに、ときにはたどたどしいぐらいの言葉を使ったほうが深く理解されるという真実もあります。こうした原則は、誰にとっても、毎日の生活においてこそ意味があります。公の場でも私生活でも、感情と信念を表現するときには常に本当のことを語る。控えめで簡素であることを心がけ、節度を保ち、自分の内面にあるものを忠実に表現し、とりわけ冷静でいる。この大事な原則を守りつづけることで、精神生活にどれだけの利益が得られるでしょう。

いたずらに美しい言葉は、勝手にひとり歩きをする危険があります。それは、ときに王宮で見られるわけしり顔の使用人のようなもので、使用人の立場でありながら、もはやその役割を果たしません。うまく言い、うまく書くだけで、一見もっともらしくはあるものの、なんの役にも立たないのです。

無駄話で力を使い果たさない

話すだけで満足し、「話したのだから行動はしなくてもいい」と思いこんでいる人もたくさんいます。そしてその話に耳を傾けた人も、聞いただけで満足してしまうのです。

こうして、気がつくと、人生はいくつかの弁舌さわやかな演説や、何冊かの美しい書物や、何本かのすばらしい戯曲だけで成り立っているなどということになりかねません。そして、これほど堂々と述べられているのに、ほとんどの人がそれらの主張を実行することまでは考えないのです。

また、人間はまるで自ら話したり他人の話を聞いたりするためだけに地上に存在しているかのように、人々があちこちでわめきちらし、世の中は混沌としています。無駄話をし、長広舌を振るい、どれだけ話しても話し足りないとばかりにしゃべりつづける人々がどれだけいるでしょう。

話してばかりいる人は、最も寡黙な人が最も多くの仕事をするものだということをすっかり忘れています。機関車が汽笛を鳴らすことに蒸気を使い果たしたら、車輪を動かすことはできなくなります。黙っていることを覚えなさい。おしゃべりを少なくしたら、そのぶん、間違いなく力を得ることができるのですから。

大げさな表現を避ける

もうひとつ、注目すべきテーマは言葉の誇張です。

同じ国の人でも地域によって気性の違いがあり、言葉にはそれがよく表れます。こちらの人々は冷静でおだやかな気性なので、かなり控えめな言葉を遣っています。あちらの人々はバランスがとれた気性なので、言葉も的確で、ものごとを表すのにぴったりです。もっと遠くの地域では、土地や空気やおそらくはワインのせいで、熱い血が身体じゅうをめぐっているのでしょう。人々は熱しやすく、表現も大げさで、何かにつけて最上級の表現を用い、最もシンプルなことを語るときでさえ、強い言葉を使います。

このように、風土によって言いまわしが違うだけでなく、時代によっても違いがあります。アンシャンレジーム（訳注：フランス革命［一七八九～九九年］以前、とくに絶対王政時代のフランスの社会・政治体制）においては、革命時代とは違う話し方がされ、一八三〇年とも一八四八年とも第二帝政時代（訳注：フランスでは一八三〇年の七月革命、一八四八年の二月革命を経て、ナポレオンが起こしたクーデターによって一八五二年から一八七〇年まで第二帝政が続いた）とも同じようには話していませんでした。今日では、概して言いまわしは昔よりシンプルになり、今では何かを書くためにレースの袖飾りをつけることも、かつらをかぶることもありません。けれども、昔の人と現代人を区別するひとつの印があります。誇張することの原因ともなっている、私たちの過敏さです。

同じ言葉でも、病的ともいえるほど興奮した神経の持ち主は――今や、神経質であることは貴族の特権ではないようです――普通の神経をもつ人が受ける印象とは違うものを感じます。神経質な人にとっては、自分が感じていることを言い表すのにシンプルな言葉では十分ではないのです。こうして、日常生活においても公的生活においても、文学や演劇においても、おだやかで控えめな言葉がどんどん過剰な言葉に代わってきています。

人々の精神を高揚させて無理にでも注意を惹くために小説家や喜劇役者が用いてきたやり口が、日常的な会話や手紙、ひいては論争のなかで、まったく洗練されていない形で使われはじめているのです。私たちの書き方が父親の世代の書き方とは異なるように、現代人の話し方と落ち着いておだやかな人の話し方には、大きな違いがあります。

私たちはまるで、精神に変調をきたしているかのような書き方をします。昔の人々のペンは、紙の上をもっと確実にもっと落ち着いて走っていました。現代人の書き方は、エネルギーを使い果たさなければならない複雑な生活と関係があるのではないでしょうか。その生活は、私たちを短気にさせ、絶えず慌ただしい行動へと駆り立てます。

話し言葉も書き言葉も、その影響を受けつづけ、結局は、そうした私たちの内面をあらわにしているのです。

人気とは、すべての人を結びつける力

結果から原因にさかのぼってみましょう。言葉を誇張するということの習慣から、いったいどんな「善きもの」が引きだせるというのでしょう？

自分が感じたままを忠実に伝えられない私たちは、周りの人と私たち自身の精神を、誇張によってゆがめています。誇張する人々の間では、お互いに理解し合おうという姿勢は見られなくなります。いらだち、不毛な激しい議論、性急な判断、度を越えた教育と人間関係。それらが節度のない言葉づかいの結果です。

簡素な言葉を使おうと呼びかけるとき、私が願うことはひとつです。その願いが達成されれば最も幸福な結果がもたらされるでしょう。その願いとは、簡素な文学です。風変わりなことに飽き飽きしている魂に対する最良の薬のひとつとしてだけでなく、社会的な結びつきのひとつの源として、簡素な芸術・簡素な文学が必要なのです。芸術も文学も、財産を持っ

ている人と教育を受けている人、つまりほんのひと握りの人のためのものとして存在しているように見えます。私は詩人や小説家や画家に対して、山の中腹を歩いたり凡庸さのなかで得意がるために高いところから下りてきてほしい、と言っているのではありません。反対にもっと高いところに上ってほしいと勧めているのです。人気がある《ポピュレール》という言葉は、庶民《ポピュレール》階級と呼ばれるにふさわしい特定の社会階級だけにあてはまるのではありません。すべての人に共通し、すべての人を結びつけるものが「人気がある」ものなのです。

簡素な芸術を生みだすことができる発想の源は、人間の心の深いところ、すべての人に平等にある人生の永遠に変わらない現実のなかに存在します。そして、人気のある言葉の源は、基本的な感情や、人間の運命の主な方向性を示すシンプルで力強い数少ない形のなかに求められるべきです。そこにこそ、真理と力と偉大さと不滅があります。そんな理想のなかには、若い人たちを燃え上がらせる何かがあるのではないでしょうか?

私には芸術的な権威などまったくありません。けれどもそんな私にも、大衆のひとりとして、才能に恵まれた人々に向けてこう叫ぶ権利ならあります。

忘れられている人々のために表現してください。

社会の底辺にいる人にも理解されるようにしてください。

そうすれば、解放と仲裁を行うことができるでしょう。そうすれば、かつて芸術の大家たちが汲みつくしてしまった源泉の口をふたたび開けることができるでしょう。

大家たちの作品が時代を超えて生き残っているのは、天才的な作品に簡素という服をまとわせることを知っていたからなのです。

5

Le devoir simple

単純な義務

一年の間には、鐘が鳴らされるような大きな祝日がいくつかありますが、ほとんどは普通の日です。同じように、世界には非常に大がかりな戦いがいくつかありますが、同時に、単純な義務もたくさん存在するのです。

大きな義務については堂々とした態度をとれるのに、ちょっとした義務を果たすとなるとかえって気弱になるのはなぜなのでしょうか？　大切なのは、単純な義務を果たすこと、基本的な正義を実践することです。

自分の魂を失った人は、困難な義務を果たす能力がなかったわけではありません。不可能なことを実現できなかったわけでもありません。単純な義務を果たすことを怠ったのです。

少しの善意を発揮する

この真理について例を挙げてみましょう。社会の悲惨な裏側に入りこんでみると、肉体的にも精神的にも大きなみじめさを目にすることになります。なかに入るにつれて多くの傷口を発見し、ついには、暗澹《あんたん》たる貧困の世界が立ち現れます。その世界を前にしたとき、ひとりの人間の救済手段など、ほとんど役に立ちそうにありません。目の前の人を助けなければならないと思いながら、きっとこう自問するでしょう。

「こんなことをしてなんになるのだろう?」

当然ながら不安でしかたなくなります。絶望感から何もせずにやりすごすかもしれません。だからといって何ひとつ生産的なことをしない人に、憐憫《れんびん》の気持ちや善意が欠けているわけではありません。

それでも、何もしないという態度は間違っています。大きな善を行う手段など、誰ももっていません。だからといって、小さな善を行わなくてもいい理由にはならないのです。

多くの人が何もせずにやりすごそうとするのは、日常にあまりにやるべきことが多いからです。だからといって、単純な義務と無関係でかまわない理由にはならないのです。

私たちは、単純な義務を果たさねばなりません。その義務とは、私たちが今問題にしている事例のなかにあります。つまり一人ひとりが、自分の財力、時間、能力に応じて、恵まれない人々との関係をつくりあげていくべきなのです。

世の中には少しの善意を発揮することで、大臣たちの取り巻きになったり、国の中枢に取り入ることができたりした人がいます。それなのになぜ、貧しい人々とかかわり、生活必需品にも事欠く人とは付き合おうとしないのでしょうか？

困っている家族の歴史や過去を知ること。自分ができることをすること。そうすることによって精神的および物質的な救済という形で同胞愛を実践すれば、あなたはきわめて役に立つ存在となります。

たしかに、あなたは小さな片隅に手をつけただけかもしれません。でも、あなたが自分にできることをすれば、ほかの人にも自分にできることをするよう、促せるかもしれません。この行動によってあなたは、社会のなかにある多くの貧困、陰険な憎しみ、仲たがい、悪徳をただ確認するだけでなく、そこに少しの善をもたらすことができます。

あなたの善意と同じような善意がほんの少しでも増えたなら、善はあっという間に大きくなり、悪は少なくなります。万一、小さな善を行うのがあなたひとりだったとしても、あなたが理にかなった唯一のこと、あなたに与えられた単純な義務を果たしたことに変わりはないでしょう。それによってあなたは、善き人生の秘密のひとつを発見したのです。

どん底のときこそ身なりを整える

人間の野心は大きな夢を見ますが、その夢が叶うことはめったにありません。たとえ、あっという間に成功したように見えたとしても、それは常に辛抱強い準備に支えられているのです。些細なことにおける忠実さが、大きなことを達成する基礎となります。私たちはそのことを忘れがちです。これこそが、とくに難しい時代や人生のつらい時期にあって知っておくべき真実です。

船が難破したときに、甲板の破片や櫂《かい》や板きれにしがみついて助かることがよくあります。人生に打ち寄せる波ですべてがこなごなに砕け散ってしまったように見えたとき、たったひとつの破片が救いの板となるかもしれないことを思いだしましょう。残っているものを軽んじるから意気消沈することになるのです。

あなたは破産したとしましょう。大切な人が亡くなったとしましょう。あるいは、長い間苦労して手に入れたものが目の前から消えたとしましょう。

財産を取り戻したり、死んだ人を生き返らせたり、無駄になった苦労をなんとかすることなど、誰にもできません。取り返しのつかないことを前に、途方に暮れるしかないのです。こういう状況に陥った人は、身なりを整えたり、家の手入れをしたり、子どもの面倒をみたりするといった単純な義務をないがしろにします。

無理もないとは思いますが、とても危険な状態です。放置すると、病気はもっと悪くなります。「もはや失うものは何もない」と思っていたら、まさにそれが原因で、まだ残っているものすら失うことになるのです。

残された財産の破片を拾いなさい。残されたわずかなものを大切にしなさい。そうすれば、そのわずかなものがあなたを慰めてくれるでしょう。

努力を怠ればその報いが自分に跳ね返ってくるように、努力をすれば自分を救うことになるのです。しがみつけるものは一本の枝しか残っていなかったとしても、その枝にしがみつきなさい。

どう見ても負けという戦いで、味方は自分ひとりしか残されていないとしても、武器を捨てて逃亡者たちと合流してはいけません。ときには運命がたった一本の糸にかかっているかのように、未来が孤立した人間の考えにもとづいて決まることがあります。

誰も味方がいないときは、歴史と自然に助けを求めましょう。繁栄も災害も小さな原因から起こること。些細なことを無視するのは賢明ではないこと。とりわけ待つことやり直すことを知らなければならないこと。こうしたことを、歴史や自然は教えてくれるでしょう。

単純な義務について語るとき、私は軍隊生活を想像します。私たちは人生という大きな戦いの兵士であり、実際の軍隊には数々の手本があると感じるのです。

たとえば、自分の軍が敗れたが最後、軍服にブラシをかけなくなり、銃も磨かなくなり、規律を守らなくなる兵士は、自分の義務をきちんとわかっていません。「負けたときに、そんなことをしてなんになる?」と感じるかもしれません。けれども、敗れ方にもいくつかあるのではないでしょうか? 戦いに負けた不幸に、落胆や無秩序や国の崩壊までもが加わってもいいのでしょうか? そんなことはありません。

恐ろしいときこそ、ほんのちょっとした行為が暗闇のなかの光になるかもしれないことを決して忘れてはいけません。それは、人生と希望の印です。やがて、すべてが失われてしまったわけではないのだと誰もが気づくでしょう。

一八一三年から一四年にかけての冬のことです。フランス軍は惨憺《さんたん》たる状況のなか退却を余儀なくされ、誰もがほとんど身なりになどかまっていられない状況でした。ところがある朝、将軍（名前はわかりませんが）は、ひげをきれいに剃り、立派な服を着てナポレオン一世の前に姿を現しました。敗走の真っ最中に、閲兵式にでも赴くようないでたちの将軍を見て、皇帝は言いました。

「将軍よ、あなたはなんと勇敢なのだ！」

身近な義務こそきちんと果たす

単純な義務とは、身近な人たちに対する義務ともいえるでしょう。

自分のすぐそばにあるものに興味をもたないのは、人間の共通した弱点です。近くにいる人については卑小な部分しか見えないのです。反対に、人間は遠くにいる人には惹きつけられ、魅了されます。その結果、膨大な量の善意が無駄に費やされます。私たちは、地平線のかなたで魅力的に映るすばらしいものにばかり目を奪われ、「人類全体」や「社会福祉」や「遠くの不幸」にばかり情熱を注ぎ、すぐそばにいる人々に対しては、たとえすれ違っても目もくれません。

自分のそばにいる人々を見ようとしないのは、なんとも奇妙な人間の弱さです。幅広い読書をし、あちこちを旅行していても、同じ町に住んでいる人々については——偉い人だろうが一般の人だろうが——よく知らないものです。たくさんの人の力で支えられて生きているというのに、身近な人たちについては無関心なままなのです。

いろいろなことを教えてくれた人、教育してくれた人、自分たちを統治している人、仕えてくれる人、必要なものを供給してくれる人、養ってくれる人。こうした身近な人たちに、関心を示しません。自分たちのために働いている人や仕えてくれる人、つまり、私たちとかけがえのない人間関係を築き上げている人々についてよく知らないのは、恩知らずで洞察力に欠けることだというのに、心のなかにそういう気持ちがまったく湧いてこないのです。

もっとひどい話もあります。自分の夫のことをほとんど何も知らない妻がいます。反対に妻のことをよくわかっていない夫も存在します。

自分の子どもについて何もわかっていない親もいます。子どもの成長、子どもが考えていること、子どもの周りの危険、将来についての子どもの希望など、ちっともわかっていません。そういう親は閉じられている書物と同じです。そして子どものほうも、たいていは、親の苦労、親の闘い、親がどうしたいと思っているかなどについてほとんど知らないのです。

私は、家族関係が崩壊している悲惨な家庭について語っているのではありません。正直な人たちからなる立派に見える家庭の話をしています。すべての人々が家族以外に没頭するものがあり、ほかのことに時間を費やしていると言いたいだけです。

一人ひとりの活動の拠点は、身近な義務を行う場のはずです。その拠点をおろそかにすれば、遠くに向けて計画していることもうまくいかないでしょう。だからまず、あなたの国、あなたの町、あなたの家、あなたの仕事場に目を向けなさい。できれば、そこから始めて少しずつ遠くに行くようにしましょう。それが、シンプルで自然な歩みです。

ところが人間は、とんでもない理由をつけては多大な費用をかけ、まったく逆方向に歩もうとします。義務についておかしな混同をしているために、本来、自分に求められるのが当然の義務以外の、たくさんのことに追われるようになります。誰もが自分とかかわりのないことに心を奪われ、自分の持ち場を離れ、自分が本当にすべきことを知らずにいます。だからこそ、生き方が複雑になってしまうのです。

一人ひとりが自分にかかわりのあることに専念するだけで、生き方はシンプルに、単純に、簡素になります。

犯人捜しより問題解決を優先する

単純な義務にはもうひとつ別の形があります。損害が起きたとき、修復すべきなのは損害を与えた人です。たしかにそのとおりですが、それはあくまで理屈にすぎません。

この理屈にしたがうと、損害を与えた人が見つかって修復するまでは、損害を受けたものはそのまま放置されることになります。損害を与えた人が見つからなかったらどうなるのでしょう？　その人が修復しようとしなかったら？　修復できる能力がなかったら？

屋根の瓦が割れて雨漏りがしたり、ガラスが割れて風が入ってきたとしましょう。瓦やガラスを壊した犯人が見つかるまで、修理工を呼ぶのは待たなければならないのでしょうか？　ばかばかしいと思うかもしれませんが、同じようなことは日常によくあります。たとえば子どもたちは、怒ってこう叫びます。「それを投げたのは僕じゃない。それなのに、どうして僕が拾わなきゃいけないんだよ！」

大人たちも同じ理屈をもちだします。それはたしかに理にかなっています。けれども、世界を動かしているのはこうした理屈ではないのです。

私たちが知っておくべきは、そして人生が毎日教えてくれていることは、損害を引き起こした人ではない人が損害を修復しているということです。

破壊する人もいれば、建て直す人もいます。

汚す人もいれば、きれいに掃除する人もいます。

喧嘩をけしかける人もいれば、争いを鎮める人もいます。

涙を流させる人もいれば、慰める人もいます。

不正のために生きる人もいれば、正義のために死ぬ人もいます。

この苦痛に満ちた掟が守られてこそ、救済が存在します。これもまた理にかなっていることです。ただし、この「事実の論理」は、「理屈の論理」を色あせたものにしてしまいます。

簡素な心をもった人はこう結論づけるでしょう。

「損害がある以上、大事なことは、すぐさま修復にとりかかることである」

損害を与えた人が修復作業に協力してくれるならそれに越したことはないが、経験的にいってあまりあてにしないほうがいい、という結論です。

愛情という力にしたがう

義務がいかに単純であろうと、それを果たすためには力が必要です。この力は何からつくられ、どこにあるのでしょう? それについてはいくら語っても語りつくせません。

義務は、それが外部から課せられたと思うかぎり、敵であり、煩わしいものです。義務がドアから入ってくると、私たちは窓から出て行き、義務が窓をふさぐと、私たちは屋根をつたって逃げだします。義務がやってくるのがわかればわかるほど、できるだけ避けようとします。

それはまた、警察官をうまくかわす、巧妙な詐欺師のやり口と同じです。警察官は詐欺師の襟首をつかんで捕まえることはできても、まっとうな道に連れて行くことはできません。人間が義務を果たすためには、「これをしろ、あれをしろ」「これをやめろ、それをやめろ」と命じられるのとは別の力に動かされる必要があります。

その別の力は、人間の内面に存在し、「愛情」と呼ばれています。

自分の仕事を嫌っていい加減に仕事をしている人に対しては、地上のどんな力をもってしても、その仕事に一生懸命取り組ませることはできません。しかし、自分の仕事を愛している人は、ひとりでも歩みつづけます。その人に仕事を強要することはなんの意味もないばかりか、違うことをさせるのは不可能でしょう。これは、どんな人にもあてはまります。

大切なことは、ありふれていて地味な運命のなかに、神聖なものや不滅の美しさを感じたことがあるかどうかです。それまでの経験を通して、苦悩と希望ゆえに人生を愛し、みじめさと気高さゆえに人間を愛し、その心と知性と情ゆえに人間であることを愛すると決意しているかどうかなのです。

この決意があれば、風が船の帆を捕らえるように未知の力が私たちを捕らえ、思いやりと正義に向かわせてくれます。この抗しがたい力に押されて私たちはこう言うでしょう。

「私はこの力にしたがいます。どうしてもこうせざるをえないのです」

あらゆる世代、あらゆる環境の人々が、こうした言葉で、人間を超越している力でありながら人間の心のなかに留まることができる力を表そうとします。そして私たちの内にあり、真の意味で高められたあらゆるものが、私たちを超えたこの神秘の力として立ち現れます。偉大な思想や偉大な行為と同じく、偉大な感情も啓示によって生まれるものなのです。

木が葉をつけ、実を結ぶのは、地中から生命力を汲み上げ、太陽から光と熱を与えられるからです。人間がこのつつましい地球において、無知や間違いを避けられなくとも、自分の仕事に真摯に身を捧げることができるのは、善良さという永遠の泉と接することができるからなのです。大切なこの力はさまざまな形となって現れます。

あるときは不屈のエネルギーとなって。
あるときは優しい愛撫となって。
あるときは悪を攻撃して破壊する闘いの精神となって。
あるときは道端に棄てられ、傷ついた生き物を拾い上げる母性本能となって。
あるときは長い研究を地道に続ける忍耐力となって。

不屈のエネルギーをもっているものにはすべて印がついています。そして、このエネルギーによって動かされている人間は、その力によって自分が存在し、生かされていると自覚しています。その力に仕えることが、幸せであり、報いでもあります。その力の道具になることで十分だと思う人にとっては、外から見て輝いて見えるかどうかなど、もはやどうでもいいことです。

世界には、偉大なものもつまらないものも存在しません。私たちの行為や生き方に価値をもたらすのは、そのなかにある精神です。不屈のエネルギーをもっている人は、このことをよく知っているのです。

6

Les besoins simples

簡素な欲求

鳥屋さんで鳥を買ったとしましょう。その店の誠実な主人は、あなたの新しい下宿人、すなわちその鳥に何が必要かを手短に説明します。衛生状態や餌などについてはいくつかの言葉だけで事足ります。同じように、ほとんどの人間にとって必要なものをまとめてみると、簡単な指示だけで十分でしょう。

人間の食事はたいてい、きわめて簡素です。そういう食事をとっているかぎり、母なる自然にしたがう子どものように健康でいられます。しかしそういう食事から遠ざかったとたんに、厄介なことが起きて、健康を損ない、気持ちも明るくなくなります。シンプルで自然な生活だけが、人間の体を活力がみなぎる状態に維持します。この基本原則を忘れてしまうと、私たちはなんとも奇妙な無分別状態に陥ります。

生きるための必要最小限とは何か?

人間にとって、物質的に最良の状態で生きていくには何が必要でしょうか? 健康的な食べ物、シンプルな服、衛生的な住まい、そして空気と運動です。

私はここで、衛生上の細かい注意を与えようというわけでも、メニューを紹介しようというわけでも、モデル住宅や服の裁断の仕方を教えようというわけでもありません。私の目的は、あくまでひとつの方向性を示し、簡素な精神で生活を組み立て直したらどんなにいいことがあるかを伝えることにあります。

現代の人々の生き方を見るだけで、簡素な精神が私たちの社会のなかにいかに浸透していないかがわかるでしょう。

さまざまな環境に生きている一人ひとりにこう質問してごらんなさい。

「生きていくためにあなたには何が必要ですか？」

どんな答えが返ってくるかはおわかりでしょう。それほど示唆に富んだ答えはありません。パリのアスファルト道路に慣れてしまった人にとっては、自分が住んでいる街区の外に出て暮らすことなど考えられないようです。今いる街区こそ、きれいな空気、心地よい光、ほどよい温度、昔ながらの食べ物があり、そういうものがなければ、散歩する気も起きないと言わんばかりです。

ブルジョワにもさまざまな階級がありますが、どの階級でも「生きるには何が必要か？」という質問に対しては、その人の野心や教育レベルによってさまざまな数字を挙げた答えが返ってきます。ここで言う教育とは、住まいや服装や食事といった外から見える生活習慣、つまり表面的な教育を意味しています。

彼らは、一定額以上の給与や年金といった収入があって初めて生活が可能になり、それ以下では生きていけないと言います。なかには、自分の財産が最低ラインより少なくなったという理由で自殺してしまった人もいます。今よりきつい生活をするぐらいなら死んだほうがましというわけです。その人の絶望の原因となった最低ラインは、おそらく他の人にとっては十分受け入れられるものだったのではないでしょうか。つつましい生活をしている人にとっては、むしろうらやましい数字だったかもしれません。

高い山々では、標高によって違う植物が見られます。そこには、普通の耕作地もあれば、森林地帯や牧草地、さらには岩石ばかりの土地や氷河地帯もあります。ある地帯より標高が高くなるともう麦はつくれませんが、ブドウはたくさん見られます。カシワの木は低いところでは育たず、モミの木は驚くほど高地で生き生きとしています。

同じように、高い財産の山では、成功した銀行家や上流階級の人々や社交界に出入りする女性たちが見られます。つまり、何人もの使用人や何台もの車、さらには都会と田舎に何軒かの家を持つことが絶対に必要な人々です。

もう少し低いところでは、独自の習慣や生活様式をもつ裕福な中産階級の人々が賑やかに暮らしています。

別の地域では、かなりゆとりのある人、平均的な人、つつましい人といったように、必要なものが異なるさまざまなカテゴリーの人がいます。

さらに下層階級の人たち、職人、労働者、農夫といった、いわゆる大衆が存在するのですが、そういう人々は山頂の小さな草のように密生した状態でひしめき合っています。

このように、社会のさまざまな地域で人間は生きています。そこかしこで成長していくものの、誰もが人間であることには変わりありません。同じ人間であるにもかかわらず、必要なものについては驚くほど違いがあるのはとても不思議です。

同じ種類の植物や動物は同じものを必要とします。ところが人間だけは、同じ動物であるのに、必要なものの種類と数は人によって大きな違いが見られます。それ以外は、どんな結論も引きだせません。

不満を言う人は、満たされたことがある人

一人ひとりの成長と幸福のために、さらには社会の発展と幸福のために、たくさんのものを必要とし、それらを一心に手に入れようとすることが正しいのでしょうか？　好ましいのでしょうか？

山の植物ともう一度比較してみましょう。植物は、自分たちに必要不可欠なものがあれば、満足して生きています。人間社会も同じでしょうか？　いいえ、違います。人間社会のどんな階級にも、不満を言う人々が存在します。

必要最低限のものすら手に入らない人々のことは除外します。寒さや餓えや貧困に嘆いている人々と不満をもっている人々とをいっしょくたにするのはまったく公正ではありません

から。私がここで取り上げたいのは、本来は十分耐えられるはずの条件のなかで暮らしている、おびただしい数の人々です。

そういう人の不満はどこから来るのでしょうか？　十分ではあるもののつつましい条件の人々の間だけでなく、富裕層や社会階級の頂点にいる人たちの間でさえ不満が見られるのはなぜでしょう？

「中産階級は飽食している」などと言われますが、本人たちは自分が満ち足りていると思っているでしょうか？　まったくそんなことはありません。金持ちで満ち足りている人がいるとしたら、その人は金持ちだから満ち足りているのではなく、満ち足りるすべを知っているから満足しているのです。

動物は、食べ、横たわり、眠れば、満ち足ります。人間も横になって眠りますが、ずっと眠っているわけではありません。

人間は充足感に慣れ、充足感に飽きると、さらに大きな充足感を求めます。

人間は食べ物があるからといって食欲が鎮まるわけではなく、食べているうちにまた食欲がわいてきます。馬鹿げていると思われるかもしれませんが、それが純然たる事実です。

つまり、最も不満を言う人は、ほとんどいつも、満ち足りていると言ってもおかしくないぐらいたくさんのものをすでに持っている人です。その事実は、幸福とは必要なものの数にも、それらをつくりだそうとする熱意にも関連しないことを証明しています。誰もがこの真理を肝に銘じておくべきです。そうでないと、勇気をもって自分の要求を制限できないかぎり、欲求の坂道に少しずつ入りこんでしまうことになるからです。

欲求の奴隷になっていないか

食べ、飲み、眠り、おしゃれをしたり散歩したり、自分に与えられるものをすべて手に入れるために生きている人は、欲求の坂道に足を踏み入れています。

日向ぼっこをしている居候。酔いどれの労働者。私腹を肥やすことしか考えていないブルジョワ。着飾ることにしか興味のない女性。下層階級の遊び人。上流階級の道楽者。物質的欲求に簡単に負けてしまう、お人好しの俗っぽい享楽主義者。彼らはみな、欲求の坂道に入りこんでしまっています。

欲求の坂道は宿命的なものです。そこにいる人たちは斜面を転がる物体と同じ法則に縛られます。新しい幻想が絶え間なく生まれ、彼らはこう言うでしょう。

「どうしても欲しい『あれ』に向かってあと数歩進んでみよう、これが最後だから……」

そして急に立ち止まろうとするのですが、速度が増していて止まれません。進めば進むほど加速して、抗えなくなるのです。

ここに、多くの現代人の不安と激しい欲求の秘密が隠されています。自分の意志を自分の欲求の奴隷にしてしまったがために、自業自得で罰を受けます。欲求という冷酷な野獣の餌食となっているので、肉を貪られ、骨を砕かれ、血をすすられますが、それでも野獣は満足しません。

私は何もここで、卓越した教訓を述べようとしているわけではありません。すべての十字路で何度もこだまする真理のいくつかについて書き留めながら、人生が語ることに耳を傾けているだけです。

飲酒癖のある人は、新しい飲み物を発明するにはもってこいでしょうが、渇きを癒やす手段を見つけたのでしょうか？　いいえ、飲酒癖はむしろ、渇きを長引かせ、それを抑えられないものにしてしまいます。ふしだらは、官能の刺激を鈍らすでしょうか？　いいえ、反対に高ぶらせ、病的な妄想や固定観念に変えてしまいます。

あなたの欲求を野放しにしてみてください。日向にいる虫のように増殖するでしょう。与えれば与えるほど求めるでしょう。

充足感だけに幸福を求める人は良識を欠いています。それはまるで、ダナイデス（訳注：ギリシャ神話に出てくるダナオス王の娘たち。夫を殺した罰として、地獄で穴の空いた容器で水くみをさせられた）の穴の空いた樽をいっぱいにするようなものです。数百万フランを持っている人は数百万フランでは足りなくなり、数千フラン持っている人は数千フランでは足りなくなります。二〇フラン硬貨で足りない人や一〇〇スー（訳注：昔のフランスの貨幣単位。一フランが一〇〇サンチームで一スーが五サンチームに当たる）の硬貨では足りない人もいます。

料理用の鶏があればガチョウを欲しがり、ガチョウがあれば七面鳥をといった具合に、欲望は果てしなく続きます。この傾向がいかに有害であるか！

　上流階級の真似をしたがる小市民。ブルジョワを気どる労働者。令嬢のように振る舞う庶民の娘。社交界の人々の真似をするしがない賃金労働者。こうした人たちがあまりにたくさん存在しています。

　裕福な階級においても、ありとあらゆる娯楽を楽しんで自分の財産では十分ではないと思いこみ、財産の有意義な使い道を忘れている人がなんと多いことでしょう。私たちの欲求は、本来役に立つものでなければならないのに、騒々しくて手に負えない群衆のようです。いいえ、今やまるで暴君の一団です。

　欲求の奴隷に成り下がっている人は、鼻に輪を付けられて踊らされるクマのようなものです。不愉快なたとえだと思われるかもしれませんが、実際にそのとおりなのです。欲求に引きずられ、なんと多くの人が、駆けずりまわったり、叫んだり、自由や進歩について語ったりしていることでしょう。そして、欲求という自分たちの主人に逆らうことにならないかと気にすることなくしては、人生を一歩たりとも進むことができないのです。

いったいどれだけの人が、あまりに多くの欲求のために、簡素に生きることでは我慢できなくなり、だんだんと破廉恥な行為に及ぶようになったことでしょう。パリの監獄には、たくさんの欲求をもつ危険性について滔々《とうとう》と語ってくれる囚人がたくさんいます。

不要な贅沢で心が鈍る

私が知っているある誠実な男の話をいたしましょう。

その男は妻と子どもたちを深く愛していました。仕事をし、フランスでゆとりのある生活をしていました。しかし、ゆとりがあるとはいえ、妻の贅沢な欲求を満たすにはまったく足りませんでした。ほんの少し簡素を心がければ十分安楽な暮らしができたはずなのに、いつもお金が足りず、ついに家族をフランスに残したまま、遠くの植民地まで働きに行くことになりました。

この不幸せな男が何を考えているかはわかりません。ですが、家族は以前より立派なアパルトマンに住み、きれいな服を着て、お付きの者をしたがえています。目下のところ家族はとても満足しています。

けれども、すぐにこの贅沢に慣れ、「これくらい大したことじゃない」と思うようになるでしょう。少し経てば、夫人にはそこにある家具が物足りないものに見えてきます。もっと見栄えのするお付きの者を探すかもしれません。そして男が妻を愛しているのなら――それは疑いのないことなのですが――さらに高給をもらうために月にでも移住することになるでしょう。

役割が逆の場合もあります。家長である男が賭け事に興じ、大金のかかる馬鹿げた遊びにはまってしまってすっかり義務を忘れ、妻と子どもがその犠牲になっている例もあるのです。この男は、自分の欲求と父親としての役割間で悩んだ末に前者を選び、どんどん卑しいエゴイズムへと流れていきました。

このように自尊心を忘れ、気高い感情が次第に鈍感になっていく現象は、裕福な階級の道楽者にだけ見られることではありません。本来ならささやかながらも幸せになれる家庭なのに、哀れな母親は昼夜、心労と悲しみにさいなまれ、子どもは靴もはかず、しょっちゅう食べるものの心配をしている。そんな人たちを私はたくさん見てきました。なぜ、そういうことになるのでしょうか。多くの場合、父親にお金がかかりすぎるからです。アルコールの深みに飲みこまれた状態が二〇年も続けば、そこに費やしたお金は膨大な額に上ります。一八七〇年の普仏戦争の賠償金の実に二倍にもなるのです。

不当な欲求を満たすために投じられたもので、どれだけの正当な欲求を満たすことができたでしょうか？　欲求が支配すると連帯は生まれません。むしろ、反対のことが起きます。自分自身のために必要なものが多くなればなるほど、隣人のためにできることは少なくなるのです。たとえ、隣人が親戚だったとしてもです。

未来に負債を背負わせていないか

欲求に支配されると、幸福感や自立心、細やかな心づかい、さらには連帯感が小さくなります。公共の財や保健衛生にも影響が出ます。あまりに大きい欲求に支配された社会は、過去にはできたことを犠牲にし、未来にも生け贄《いにえ》を捧げることになります。「あとは野となれ山となれ！」というわけです。

たとえば、少しでも儲けを出すために森林を伐採し、まだ青いうちに麦を食べ、長期間苦労してつくりあげたものを一日で壊し、暖をとるために家具を燃やして、今この瞬間を楽しく過ごすために未来に負債を背負わせ、行き当たりばったりの暮らしをし、明日のために困難や病気や破産や羨望や怨恨の種を蒔きます。この悪しき欲求の害悪を挙げればきりがありません。

簡素な欲求で満足すれば、こうした不都合はすべて避けることができ、逆にたくさんの利益が得られるでしょう。節食や節制が健康の最良の守り神であることは昔から知られています。節制する人は、存在を脅かすようなみじめさを感じることなく、健康とやる気と知的バランスを保証されます。食べ物や服や住居がどうであれ、嗜好の簡素さは自立心と安心感の源となります。簡素に暮らせば暮らすほど、あなたの将来は守られるというわけです。予想外の出来事や不運に翻弄されることも少なくなるはずです。

病気になったり失業したりするぐらいでは、路頭に迷うことはないでしょう。境遇がどんなに変わろうと、自分を見失うこともないでしょう。欲求が簡素であれば、運命のいたずらに順応することもさして苦ではないはずです。

たとえ、それまでの地位やお金を失っても、まさしく人間としていられるでしょう。なぜなら、あなたの生き方を支える基礎は、家具でも地下倉庫でも高価な持ち物でも貯金でもないからです。

簡素な欲求であれば、逆境にあっても、哺乳瓶を取り上げられた赤ん坊のように泣き叫ばずにすむでしょう。強くなり、闘いのために身を整え、敵に捕らわれることもなく、隣人にとって役に立つ存在となるでしょう。贅沢品を見せびらかしたり、お金を使って不正をしたり、誰かに寄生して暮らしたりすることで嫉妬や低俗な欲求をかき立てたり、非難されたりすることもないでしょう。

自分自身の充足感のために必要なものが他の人より少なければ、そのぶん、他の人の充足感のために働く手段をもちつづけることになるのです。

7

Le plaisir simple

簡素な楽しみ

今の時代は楽しいと思いますか？

私には、全体的には悲しい時代に思えます。これはまったく個人的な感想というわけではないような気がします。現代人の生き方を見たり聞いたりすると、残念ながらあまり人生を楽しんでいるとは思えないからです。

とはいえ、現代人が楽しもうとしていないと言っているわけではありません。ですが、うまく楽しめていないように思えます。どうしてでしょうか？

政治や経済のせいだと言う人もいれば、社会問題や軍国主義のせいだと言う人もいます。大きな心配を数え上げればきりがありません。

心配ばかりせず、少しは楽しみたいものです。ところが、食事を楽しむにはスープの胡椒があまりに効きすぎているというように、いつだって私たちは厄介ごとをたくさん抱えていて、すぐに機嫌が悪くなってしまいます。

朝から晩までどこへ行こうと、忙しそうで、イライラしていて、心配そうな人に出会うでしょう。

ある人は、政治的ないがみ合いに巻きこまれてかっかしています。

ある人は、文学や芸術の世界の卑劣なやり方や嫉妬に嫌気がさしています。商売における競争は眠りを妨げますし、やるべきことがあまりに多い研究プログラムや忙しすぎる仕事も、若い人たちの生活を台なしにします。

労働者階級は、絶え間ない産業競争の影響をもろに受けます。政治家の威厳がなくなりつつあるので、政界で働くのは不愉快なことになり、教師への尊敬の念が減っているので、教えることもちっとも楽しくありません。どこへ目を向けてみても、不満の種ばかりです。

喜びは自分のうちにある

歴史を見ると、現代と同じように牧歌的な静けさが見られない時代もあります。そういう時代、さまざまな重大事件が起きたにもかかわらず、人々が陽気さを失わないということもあったのです。それどころか、時代の重苦しさ、明日への不安、社会的衝撃が、むしろ新たな活力源になっているように見えます。

戦闘の合間に、しばしば兵士たちは歌を歌います。人間の喜びとは、障害がたくさんある最もつらい時代においてこそ、最も美しい凱歌《がいか》をあげると言っても過言ではないでしょう。戦いの前に安らかに眠ったり、戦いの混乱のなかでも歌ったりするためには、内面にそうするだけの動機がなければなりません。現代の私たちには、それが欠けています。

喜びとは、対象のなかにあるのではなく、自分のうちにあるものです。

喜びは、人から人へ伝染していきます。また、私たちをむしばむ不快感や不機嫌さの原因は、外的な状況だけでなく、私たちの内面にも存在します。

心から楽しむためには、自分がしっかりした基礎の上にいると感じ、人生を信じ、自分自身の生き方をもたなければなりません。それこそが、現代の私たちに欠けているものなのです。

幸せになる能力を磨く

今日では多くの人が、なんと若い人でさえも、人生と仲たがいをしています。私は悩める哲学者の話をしているわけではありません。「結局は何も存在していないほうがよかったのだ」というのが本音だったとしたら、いったいどうやって楽しむことなどできるでしょう？

そのうえ、五感を刺激しすぎたために、現代人の活力は不安なほど弱まっています。なんであれ、過剰なことは人間の感性をゆがめてしまい、幸せになる能力を低下させるのです。

人間の性質は、あまりに奇抜なことを押しつけられるとつぶされてしまいます。生きようとする意志は深いところで傷つけられ、それにもかかわらず存在しつづけ、ときには不自然な手段によって生き延びようとします。医療の領域で、人工呼吸や人工栄養や電気療法といったものに頼るようなものです。

同じように、瀕死の状態にある楽しみの周りには、なんとかそれを蘇らせて元気を取り戻させようと、たくさんの人が押しかけてきます。いろいろと巧妙な手段が考えだされ、そのためには出費も惜しみません。可能だろうと不可能だろうと、とにかくあらゆることが試みられてきました。

けれども、どんな複雑な蒸留器を使ったとしても、真の喜びのしずくは一滴たりとも抽出できなかったのです。楽しみと楽しみのための道具を混同してはいけません。画家になるには絵筆を握るだけでいいでしょうか？　音楽家になるには高価なストラディヴァリウスがあれば十分でしょうか？　どんなにすぐれていてどんなに洗練されている道具一式をそろえたところで、それだけではうまくいきません。

いっぽう偉大な画家は、石炭のかけらがあれば、不滅の作品をつくりだすことができます。**絵を描くためには才能がいるのと同じように、楽しむためには幸せになる能力が必要なのです。**

幸せになる能力さえあれば、誰でもほんのわずかな代価で楽しむことができます。この能力は、疑り深く不自然な生き方や悪習によって損なわれ、自信、節度、毎日の活動と思索の習慣によって保たれるものです。

花が香りをもたらすように、簡素で健全な生活があればどこでも楽しみがもたらされることが、その証拠となります。それはまた、楽しみがすぐに見つかる証拠でもあります。

たとえ困難をともない、何かに妨害され、当たり前だと思っているものまで奪われた生活だとしても、そこには喜びという名の希少で繊細な植物が芽生えるでしょう。その植物は、びっしりと敷き詰められた舗石《ほせき》の間からも、岩の割れ目からも伸びてきます。いったいどこからどうやって生えてくるのだろうと思うところでも、その植物は生き延びます。反対に、温室やたっぷりと肥料を与えた土地に植えかえて、お金をかけて栽培しようとすると、あっという間に色あせて、指の間で枯れてしまうに違いありません。

役者たちに、喜劇を最も楽しむ観客はどんな人たちかと聞けば、「ごく普通の庶民だ」という答えが返ってくるはずです。その理由は決して難しくありません。生活に追われる庶民にとって、喜劇を観に行くことは非日常です。何度も観て飽き飽きしているということがないのです。

喜劇はまた、庶民のとてつもない疲労に対する休息でもあります。彼らにとって、その楽しみは誠実に働いて手に入れたものです。彼らは、額に汗して手に入れたお金の価値——それがわずかな金額であったとしても——と同じように、その楽しみの価値も知っています。それに加えて、楽屋に出入りしたり、役者たちのいざこざにかかわり合ったりすることもなく、舞台裏の駆け引きについてもまったく知らないので、舞台の上で繰り広げられることをまるで実際の出来事のように感じます。だからこそ、純粋な楽しみを得られるのです。ボックス席で片眼鏡を光らせ、大笑いしている庶民に対して馬鹿にした視線を投げかけている懐疑主義者が、こう言っているのが聞こえる気がします。

「愚かで哀れな連中よ、無知な田舎者たちめ!」

しかし、庶民こそが真に生きている存在です。通の人は率直な楽しみの一時間にすら酔いしれることができない、人工的なマネキンのような存在なのです。

失われつつある、素朴な喜び

残念ながら、素朴さは庶民の間でもなくなりつつあります。まずは都会に住む人々から、やがて田舎に住む人々からも、そうした良い伝統が消えつつあります。

アルコールや賭け事や不健全な書物によって堕落した精神は、少しずつ病的な好みにはまっていきます。これまでは簡素だった環境に、まがいものの生活が入りこんできます。ブドウの木が突然虫に食われたように、田舎風の喜びにあふれていたたくましい木が樹液を涸《か》らし、葉も黄ばんでしまいます。

たとえば、古き良き伝統を重んじた田舎の祭りと、モダンだと自負している村の祭りを比べてみましょう。

前者の祭りは、昔ながらの雰囲気のなかで、たくましい田舎の人たちが故郷の歌を歌い、郷土の衣装をつけて故郷の踊りを踊り、天然の飲み物を飲み、完全に自分たちの楽しみ方を知っています。人々は、鍛冶屋が鉄を打ち、滝の水が落ち、子馬が牧場を駆けまわるように自然を楽しみます。その気分は周りにも伝わり、みんなの心をとらえます。見ていた者は思わず「いいぞ、いいぞ！」と心のなかで叫び、仲間に入れてくれと言いだすことでしょう。

いっぽう、モダンなつもりの村の祭りには、都会人の真似をした村人たちや、流行の服を無理やり着こんでかえって見苦しくなっている農婦たちがいます。キャバレーで歌謡曲をわめいている調子っぱずれの一団が祭りのいちばんの飾りです。ときには主賓席に、ドサ回りの大根役者がどっかと腰を下ろしています。ここぞとばかりに、田舎者に洗練された楽しみを教えてやろうとやってきた連中です。飲み物は、ジャガイモをベースにしたリキュールやアブサン。どれもこれも、独創性もなければ絵になるような美しさもありません。そこには、無頓着さと卑俗さはあるものの、素朴な楽しみが生みだす自由奔放さはまったく見られません。

人を楽しませる秘訣

この楽しみの問題こそが重要なのです。落ち着きはらった人々は、概してその問題をくだらないことだと無視しますし、実利を重んじる人々は、お金のかかる余計なものとみなします。「遊び人」と呼ばれる人々は、庭を荒らすイノシシのようにデリケートな領域をひっかきまわしているだけだと思われるのです。人間にとって喜びがいかに大きな利益をもたらすかについては誰もまったく疑ってはいないようです。

喜びとは、人生に一条の光を投げかける、育《はぐく》まなければならない聖なる炎です。喜びをもちつづけようとする人は、橋をつくったり、トンネルを掘ったり、土を耕したりするのと同じぐらい利益を生む仕事をしています。彼らのように行動すれば、苦労や苦痛のさなかにあっても、幸せでいる能力を保つことができ、それが仲間に広まっていくと、言葉の最も気高い意味における「連帯作業」を行うことができるはずです。

人に少しの楽しみを与え、心配そうな眉を開かせ、暗い道にわずかな光をともすことは、人間にとって実に崇高な役目です。心が簡素であってこそ、この役割を果たすことができるのです。

私たちは、自分が幸せになり、他の人たちも幸せにできるほどには簡素ではありません。善良さと自分自身を解き放つ姿勢が欠けているのです。

私たちは、逆効果とも言えるやり方で喜びや慰めを広めようとしています。たとえば人を慰めるときには、その人の苦しみを否定したり、苦しみについて議論したりして、「あなたが自分を不幸だと思っているのは間違いだ」と説得しようと躍起《やっき》になります。この言葉を翻訳すると、真の意味はこうなります。

「友よ、君が苦しいというのはおかしい。間違っている。なぜなら、私はまったく何も感じないから！」

苦しみをやわらげる唯一の手段は、心からその苦しみを共有することであるなら、こんなやり方で慰められる相手はいったいどう思うでしょうか？

隣人に気晴らしとなるような楽しい時間を過ごしてもらおうとするときにも、私たちは同じようなことをしています。

相手に自分の才能を褒め称えさせたり、ジョークで笑いをとったり、自分の家に何度も来させたり、一緒に食事をさせたりするときには、自分を見せびらかそうとする気持ちがあちこちに見え隠れしています。ときには、まるで庇護者の寛大さで、自分たちが選んだ気晴らしを施してあげるのです。ときにはお金を巻きあげるために、一緒にトランプをしようなどともちかけることさえあります。

相手にとってのすばらしい楽しみとは、私たちを褒めそやし、私たちがすぐれていることを認め、私たちの道具になることなのでしょうか？　自分が利用され、保護され、拍手をする役割を演じさせられていると感じるほど、不愉快なことがあるでしょうか？

　他人に楽しみを与え、自分自身も楽しむためには、まずは憎むべき「自分」を遠ざけることです。気晴らしをしている間は「自分」を鎖につないでおかなければなりません。子どものように率直で、愛想の良い人になりましょう、メダルや勲章や肩書は返上して、心から人のためになることをしようではありませんか。

　ときにはたったの一時間でも、他人を微笑ませることに専念してみましょう。それは犠牲に見えますが、そうではありません。周りの人たちに少しの幸福をもたらし、嫌なことは忘れさせるために、シンプルに自分を与えることを知っている人。そんな人こそ「楽しみの達人」なのです。

　いつになったら私たちは、毎日の生活のなかで神経をいらだたせることばかりに気をとられずに、シンプルな人間となることができるのでしょうか？　たった一時間でも、私たちの主張や私たちの地位や肩書などを忘れ、子どもに戻って、たくさんの善をつくりだし、人間をより善き者にするあの善良な笑いを浮かべることはできないものなのでしょうか？

悲しみのなかに楽しさを投げ入れる

少し視点を変えて、楽しみという観点からなおざりにされている人々にも注意を向けましょう。

箒《ほうき》は掃くことにしか、じょうろは水を撒くことにしか、コーヒーミルは豆を挽《ひ》くことにしか役に立たないと思われていますが、同じように、看護師は病人の世話をするために、教師は教えるために、神父は説教をしたり葬式をしたり罪の告白を聴くために、歩哨《ほしょう》は見張りをするためだけに存在すると思われがちです。そうなると、最もまじめに仕事に励む人たちは、ただ農耕用の牛のように自ら与えられた職務をまっとうする運命にあるという結論になってしまいます。そして、気晴らしはそういう活動とは両立できません。

こうした見方をさらに進めると、病気の人や、深く悲しんでいる人、破産した人、人生の敗者や、重い荷物を抱えている人たちは、山の北斜面のように陰の側にいて、そうであることが絶対に必要だと考えてもいいということになります。つまり、そういう人々に楽しみは必要なく、彼らに楽しみを提供することは当を得ていないという結論が導かれます。

そうなると、悲嘆にくれている人々の悲しみの糸を断ち切るのは、デリカシーに欠ける行為だということになるでしょう。つまり、人によっては常にいかめしい態度でいなければならず、そういう人にはこちらも厳しい顔つきで近づかなければならず、もっぱらきまじめな話しかできない、となるでしょう。

同じように、病人を見舞いに行くときにはドアのところで微笑みを消し、不幸な人に会いに行くときには暗い顔に悲痛な表情で痛ましい会話をしなければなりません。そして、暗闇のなかにいる人には暗いものをもって行き、陰のなかにいる人には陰のあるものをもって行きます。

こうして私たちは、孤立している人をますます孤立させ、陰気な生活をさらに単調にさせることになるのです。

この態度は、ある人たちを独房のようなところに閉じこめることにもなります。人気《ひとけ》のない彼らの隠れ家の周りが草ぼうぼうだからと、そこに近づくときには、まるで墓場に近づいているかのように声をひそめるからです。

こんなふうに、世の中で毎日行われている地獄のような残酷なふるまいについて、いったい誰が気づいているでしょう。このままではいけないのです。

厳しい仕事についていたり、貧しい人々のために日々働いたり、傷口を手当てするといったつらい役割を担っている人に出会ったら、彼らもあなたと同じ人間であり、同じ欲求をもち、楽しみや忘却が必要なときもあるということを思いだしてください。

たくさんの涙と苦痛を見てきた人たちを笑わせたからといって、彼らをその使命から逸脱させることにはなりません。反対に、つらい仕事を続けていけるよう、元気づけることになるでしょう。

厳しい試練に襲われた家族や深い悲しみにうちひしがれた人がいたら、まるで伝染病の患者に対するように隔離用のロープで囲んではいけません。あなたがそのロープをおそるおそる越えようとする姿を見るだけで、彼らは自分の悲しい境遇を思いだすことになります。

反対に、心からの同情を示し、これまで苦しみに耐えてきたことへの敬意を表明したあとで、彼らを慰め、生きることを助け、外の空気を運んであげましょう。そうすれば、「いくら不幸だからといって、この世の中から排除されるわけではない」と、彼らが思いだすきっかけとなるでしょう。

仕事にかかりっきりの人たちすべてに、思いやりを投げかけましょう。世の中には、決して休まず、楽しみもなく、まるで犠牲者のような人がたくさんいます。そういう人にとっては、ちょっとした自由やちょっとした休息は大きな恵みとなります。そのことに思いを馳せるだけでも、簡単に慰めを提供することができます。

私たちはつい、「箒は掃くためにつくられたのだから、疲れなど感じるわけがない」と思いがちです。いつも最前線で働いている人たちがいかに疲れているかを見ようとしないという罪深い習慣を捨てなければなりません。

辺鄙《へんぴ》なところに打ち捨てられた歩哨の仕事を交代してあげ、シシフォス（訳注：ギリシャ神話で神に転げ落ちる岩を山頂まで転がし上げる罰を与えられた人物。無益で希望のない労働を行う者の象徴とされる）を一時間でも休ませてあげようではありませんか。家事と子どもの世話に奴隷のように明け暮れている主婦の仕事をいっときでも代わってあげましょう。病人の介護で徹夜した人を少しでも眠らせてあげましょう。いつでも散歩ができるわけではない若い娘から、料理人のエプロンを取ってあげ、代わりに野原の鍵を渡してあげましょう。そうすれば、あなたは人々を幸せにし、自分自身も幸せになるでしょう。

私たちの傍らには、重荷を背負っている人たちがいます。たとえ少しの間でも代わりにその荷を背負ってあげることができるのではないでしょうか。

たとえ短い時間であっても、休息は、たくさんの人の心のなかの苦痛を癒やし、喜びを蘇らせ、善意に大きな道を開くには十分なのです。

心から相手の立場になることができたなら、お互いにどれだけわかり合えるでしょうか。そして、どんなに生きることが楽しくなるでしょう。

楽しむためにお金はいらない

若い人の間での楽しみについては、ここでは細かいことまでは述べません。けれども、いくら繰り返しても言い足りない重要なことだけは言っておきます。

若い人たちに道徳を重んじてほしいならば、彼らの楽しみを軽んじてはなりません。若者たちができるだけ楽しみを手に入れられるようにすべきです。

こう言うと、若者は自分たちの娯楽を管理されることを好まず、そもそも、今日の若者は甘やかされているので、遊びほうけてしまうにちがいないという反論が出るかもしれません。それに対しての私の答えはこうです。

第一に、何も規制しなくても、楽しみのアイデアを与え、方向性を示し、楽しみの機会をつくってあげることはできます。

第二に、「若者が遊びすぎる」と思っているなら、それは間違いです。今日の若者には、人生を花開かせ光り輝かせる代わりに人生をしぼませてしまうような、退廃的な偽物の楽しみ以外、ほとんど何もありません。適度な使用とはまったく反対の「乱用」が地上を汚しまくっているために、いまや汚れていないものに触れることは難しくなっています。そのため、身を守ったり、禁止したり、慎重になったりすることが必要です。不健全な楽しみに似たものをすべて避けようとしたら、ほとんど身動きできなくなってしまいます。

現代の若者、とくに人間としての尊厳を失っていない若者にとっては、楽しみの不足が深い苦悩を引き起こしています。香り豊かなワインを奪われて不都合がないわけがありません。こんな状態が続くと、若い世代の頭上の暗雲はどんどん厚くなっていくでしょう。

彼らを救いに行かなければなりません。さもなければ、子どもたちは暗い世の中を受け継ぐことになります。このままでは、私たちが彼らに遺すものは、大きな不安や、厄介な問題や、足かせと複雑さにがんじがらめにされた人生です。

せめて、彼らの時代の夜明けを少しでも明るく照らす努力をしましょう。楽しみをつくりだし、隠れ家を用意し、私たちの心と私たちの家を開放してあげましょう。家族を私たちの遊びに引き入れようではありませんか。

私たちの陰気な家庭から街へと出て行ってしまった息子たちや、孤独に退屈している娘たちを呼び集めましょう。家族の記念日のお祝いやパーティー、家族でのちょっとした外出を増やしましょう。家のなかではいつでもみんなが上機嫌でいられるようにするのです。

そして学校も巻きこみましょう。小学生から大学生まで、先生と生徒がしょっちゅう一緒に遊ぶべきです。そうすれば、勉強ももっとはかどるでしょう。子どもが先生のことをよく知るためには、一緒に笑い合うのがいちばんです。逆に教師が生徒を理解するためには、教室や試験場以外で生徒の姿を見ておく必要があります。

「ところで、そのためのお金は誰が出すのですか？」

なんという質問でしょう。それこそ大間違いです。

多くの人は、楽しみとお金を一羽の鳥の二つの翼だと思っています。なんという錯覚でしょう。楽しみは、この世で真に貴重なすべてのものと同じく、売られるものでも買われるものでもありません。楽しむためには身体を張る必要があります。それが大事です。

そうすることが役に立つと思うのなら、あなたの財布を開けても一向にかまいません。けれども、それは絶対に必要なわけではないと断言します。楽しみと簡素は昔からとても親しい友なのです。

お金をかけずに楽しみましょう。

簡素に人を迎え、簡素に集まりましょう。

まずは一生懸命働きましょう。

愛想をよくし、できるだけあなたの仲間に対して誠実でいましょう。

そこにいない人の悪口を言うのはやめましょう。そうすれば必ずうまくいくでしょう。

8

L'esprit mercenaire et la simplicité

お金と簡素

「お金には魔法の力がある」とする、広く伝わっている偏見については、すでに見てきました。こうした熱い領域に近づいたからにはもう避けては通れません。そこにはいくつかの真理があると確信する以上、足を踏み入れるしかありません。どの真理も目新しいものではありませんが、いかに忘れられていることでしょう！

私たちは、お金なしには生きていけません。お金こそ諸悪の根源だとする理論家や立法家がこれまでにできたことと言えば、お金の名前や形を変えることだけでした。けれども、彼らもまた、商品価値を表すなんらかのしるしなしではやっていけなかったのです。

お金をなくそうとするのは、文字をなくそうとするのと同じです。それでもやはり、お金の問題が心をかき乱すことに変わりはありません。この問題は、私たちの複雑な生き方の大事な要素をつくりあげています。

私たちが格闘している経済的困難や、社会的取り決め、現代の生活全体が、お金をあまりに卓越した存在に押し上げている以上、人間がお金に忠誠を誓うのも驚くことではありません。お金のそういう側面からこの問題にアプローチしてみましょう。

人生はお金で複雑になる

お金は「商品」という言葉と対をなしています。商品がなければお金も存在しません。そして商品があるかぎり、お金が必要なのです。

「商品」という言葉と概念には、本来まったく関係ないものがいっしょくたに混じっています。この混同のなかに、お金を中心とするあらゆる浪費の源があります。つまり私たちは、もともとどんな価値ももつことができない、そしてどんな価値ももってはいけないものに、お金で買える価値を与えようとしたのです。売買という概念は、それがなじまないどころか敵だと見なされるような領域にまで侵入したのです。

たとえば、麦やジャガイモやワインや布地が売られたり買われたりするのは当たり前のことです。人間は労働することで生きる権利を手に入れ、それらの権利を表す価値を手中に収めることもまったく自然なことです。

だからと言って、人間の労働もまた、麦やジャガイモのように売り買いされるものであるという考えはいただけません。それは、一袋の麦や一トンの石炭と同じ意味における「商品」ではないのですから。人間の労働には、貨幣では評価できない要素があります。

さらに、お金では買えないものもあります。たとえば、睡眠、将来を知ること、才能などです。ですから、そういうものを売りつけようとする人は、頭がおかしいかペテン師かのどちらかでしょう。にもかかわらず、それらでお金を稼ごうとする輩がいます。彼らは、自分のものではないものを売り、だまされた人は、価値のないものにお金を支払います。

同じように、快楽を売る人、愛情を売る人、奇跡を売る人、愛国心を売る人がいます。実際の品物を売る人を指すのであれば、「商人」という言葉は名誉あるものです。ところが心や宗教や祖国に関するものを売る場合には、最も不名誉な言葉となります。

ほとんどの人が、自分の感情や名誉や地位を取引の道具とするのは恥ずかしいことだと思うでしょう。残念なことに、このことは道徳的真理というより、むしろ誰もが認める常識であるにもかかわらず、それらを道具にした取引が世の中にまかりとおっているのです。

世界じゅう、あちこちで取引が行われています。売り子は神殿にまで居座っています。ここで言う神殿とは、宗教的な建物だけを指すのではなく、人間がもつ神聖にして犯すことができないものすべてを意味しています。人生を複雑にし、腐敗させ、変質させてしまうのは、お金ではなく、私たちの金儲け精神なのです。

金儲け精神は、すべてをひとつの質問に集約させます。

「これでどれぐらい儲かるだろう?」

その精神はまた、すべてをひとつの原則に集約させます。

「お金があればなんでも手に入る」

この二つの行動原理によって、社会は、想像もできないようなおぞましいものに成り下がるかもしれません。

「これでどれぐらい儲かるだろう?」

この問いは、労働によって生計を立てる場合には正当な言葉ですが、その枠を超えて生き方全体を支配するようになると災いをもたらします。糊口《ここう》をしのぐための労働までをも卑しいものにしてしまうのです。

仕事をしてその報酬を受け取れるなら、それに越したことはありません。けれども、その労働をしている間、報酬のことしか頭にないのなら最悪です。

報酬のためだけに働く人はたいした仕事はできません。その人は仕事そのものではなく、お金にしか興味がないのですから。儲けを減らさずに仕事の手を抜くことができるなら、そうするに違いありません。石工でも農夫でも工員でも、自分の仕事を愛さない人は、その仕事に興味も誇りももてません。つまり悪い労働者になってしまうのです。

お金儲けしか頭にない医者に、命は預けられません。その医者を駆り立てるものは、患者のお金で自分の財布を膨らませたいという願いだけなのですから。患者が長く苦しむことが自分の利益になると思えば、健康を回復させる代わりに病気が治らないようにしかねません。

子どもの教育者として、お金しか愛せないのは悪い教師です。そこで得る利益は取るに足りない金額でしょうが、彼が教えてくれることはさらに取るに足りないものでしょう。

お金目当てのジャーナリストにどんな価値があるでしょう？　お金のためだけに書かれた記事は、その報酬の価値さえなくなります。

人間の高邁な本質にかかわる仕事であればあるほど、金儲け精神が入りこむと、その仕事は不毛で腐ったものになるのです。

砂粒のような仕事か、種のような仕事か

どんな仕事も苦労したぶん報酬を受ける価値があり、生活を維持するために努力する者は誰でも、日の当たるところに居場所をもつべきです。反対に、役に立つことをせず、自ら生計を立てていない者はみな、単なる「寄食者」です。だからといって、お金儲けが活動の唯一の原動力となることほど重大な社会的過ちはありません。

自分の仕事にこめる最良のもの、それは腕力でつくられるものであれ、心の温かさから生まれるものであれ、知性の高まりによってつくりだされるものであれ、厳密にはその価値に見合ったものなど誰も支払うことはできないのです。

二人の男が同じ力や同じ身体の動きで同じ仕事にとりかかっても、結果は違うものになります。これは、人間が機械ではないことの証明です。

このような現象の原因はどこにあるのでしょう?　それは二人の意志の違いにあります。

片方の男は金儲け精神をもち、もう一人の男は簡素な魂をもっています。二人とも報酬を受け取りますが、片方の仕事は不毛であるのに対して、もう一人は仕事のなかにその魂をこめました。前者の仕事は、そこから永遠に何も生まれてこない砂粒のようなものですが、後者の仕事は地面に蒔かれた種のようなもので、やがて芽が出て収穫物を生みだします。

「一見、同じやり方で仕事をしているのに、成功していない人がこれほどたくさんいるのはなぜか？」

この疑問への答えの秘密がここにあります。ロボットには再生産はできませんし、お金目当ての労働も真の成果を生みださないのです。

世の中を支えるのは計算抜きの行動

私たちは経済的な事実の前に頭を下げ、人生の困難を認めざるをえません。家族を養い、服を着せ、住まいを与えるための経済力をもつことが日に日に緊急課題となっています。こうした切実な必要性を考慮せず、計算もせず、予想もしない人間は、単なる幻想家かよほど不器用な人としか思えません。そういう人は早かれ遅かれ、自分が馬鹿にしていた倹約がいかに正しいことかに気づくでしょう。

とはいえ、この手の心配にばかり気をとられていたらどうなるでしょうか？　完璧な経理係のように、自分たちの努力を結果的に得られるお金の額だけで測り、収入につながらないことは何ひとつしようとせず、帳簿に数字となって並ばないものはすべて無益で無駄なことだと見なしたらどうなるのでしょうか？

私たちの母親は、子どもを愛し、育てるために何かをもらったでしょうか？

年老いた親を愛して世話をするために何かを要求するとしたら、私たちの孝行心はどうなるのでしょう？

真理を語ることで何がもたらされるのでしょう？　逆に不愉快な思いをしたり、ときには苦しみを与えられたり、迫害されたりするかもしれません。

祖国を防衛するとどうなるのでしょう？　疲れたり、傷ついたり、死んでしまうこともしばしばです。

善を施すとどうなるのでしょうか？　嫌な思いをしたり、恩知らずなことをされたり、恨まれることさえあります。

しかし、人間の本質的な働きのひとつに献身があります。どんなに打算的な人であろうと、打算以外のものに訴えることなしに生きていくことはできません。

たしかに、小金を貯めるのが得意な人たちは頭がいいと言われますが、彼らをよく見てください。彼らを支える簡素な人たちの献身のおかげで、お金を稼げている場合も多いはずです。もしも彼らが、「金の切れ目が縁の切れ目」をモットーにしている自分と同類の悪賢い連中にしか出会っていなかったら、はたして成功したでしょうか？

声高く言いましょう。世の中が保たれているのは、計算にばかりとらわれていない人々のおかげでもあるのです。

最もすばらしい仕事や最もつらい仕事は、ほとんど、あるいはまったく報われないことも多いものです。幸いにも、利益にあまり結びつかない仕事や、むしろ最初はお金がかかり、休みもなく、場合によっては命まで捧げなければならないような、苦痛しか得るものがない仕事でも、やってくれる人は常にいるのです。

こうした人々の役割はつらいだけのことも多く、本人はがっかりする結果に終わることもあるでしょう。過去の善行を後悔して、「結局は幻滅を味わうために、どれだけ嫌な思いをしたか」といった痛々しい経験を語る人もよくいます。そういう場合、打ち明け話の最後は、「あんなことをして本当に馬鹿だった」という言葉で締めくくられます。

そう考えるのも無理はない場合もあります。と言うのも、ブタに真珠を投げてやるのはいつでも間違っているからです。ですが、周りの人が恩知らずだという理由で後悔したその行為が、その人の人生において唯一本当に美しい行為だったという例がいかに多いことでしょう。人間にとって必要なのは、一見馬鹿げたそうした行為が、どんどん増えていくことではないでしょうか？

お金儲けにまつわる嘘

金儲け精神の信条はひと言で表せます。お金目当ての人にとっての掟や予言の原理はすべて「お金さえあればなんでも手に入る」です。社会生活を表面的に眺めるかぎり、これ以上の真理はありません。「戦いの生命線」「鳴り響く証拠」「すべての扉を開ける鍵」「世界の王」……。お金の栄光と力を表す言葉を集めたら、聖母マリアの讃歌より長くなるでしょう。

財布が空っぽだったらどうなるかを知るためには、一日か二日、実際に一文無しになって暮らしてみるといいでしょう。思いがけない状況やギャップが好きな人は、友人も知り合いもいないところでお金を持たずに数日間暮らしてみてください。四八時間以内に、一人前の大人が普通なら一年がかりで経験する以上のことを経験できるでしょう。

悲しいかな、不本意ながら実際にこういう経験をせざるをえない人もいます。実際に破産した人に対しては、たとえ故郷にいたとしても、周りに若い頃の仲間やかつての協力者たちがいたとしても、誰もが知らん顔です。

その人はどれだけ苦い思いで、先ほどの信条をかみしめるでしょうか。「お金さえあればなんでも手に入る」――つまり、お金がなければ何ひとつ手に入れられないのです。破産した人はまるで伝染病患者のように、顔を背けられます。ハエは死体にたかり、人間はお金にたかります。お金がなくなれば何も残りません。この金儲けの信条の結果、たくさんの涙が流れます。かつてお金が大好きだった人たちがどれぐらい苦い涙や血の涙を流したことでしょう。

それでもやはり、この信条は偽りです。とんでもなく間違っています。

「砂漠で道に迷ったら、たとえ大金持ちでも一滴の水も手に入れられない」

「年老いた億万長者は、貧しく頑強な若者から若さと健康な体を買い取れるなら、財産の半分を投げうつことも惜しまないだろう」

私は、こういった昔ながらの決まり文句を持ちだすつもりはありません。幸福はお金では買えないことを証明してみせようとも思いません。お金持ちの多くは、そして何よりお金のない人の多くは、この使い古された決まり文句に苦笑いするだけでしょう。

それでも私は、これから先も人々が繰り返し唱えるであろう、あの原理に隠されている大きな嘘についてわかってもらうために、一人ひとりに自分の思い出や経験について振り返ってもらいたいのです。

収入＝能力ではない

できるだけたくさんのお金を持って、温泉地に出かけてみましょう。そこは、かつてはあまり知られておらず、簡素で愛想がよく礼儀正しい住人がたくさんいて、たいしたお金をかけずとも心地よく滞在できる場所でした。

ところが「評判」によって有名になったとたん、その町は陰の存在から日の当たるところに引っ張りだされ、やがてロケーションや気候や住民を活用してどれだけ金儲けができるかが考えられるようになりました。

私たちは「評判」を信じて出かけて行きます。お金を使って文明化された世界から遠く離れ、静かな隠れ家を手に入れ、そこで少しの詩情を紡ぐことができるとうれしくなるでしょう。第一印象はとてもいいのです。自然の背景といまだに残っている牧歌的な習慣に心打たれるからです。

ところが、日が経つにつれ、印象は悪くなり、舞台裏が見えてきます。たとえば、何世紀も前の家にあるような本物のアンティークだと思っていた家具は、お人好しの旅行客をだますためのまがいものでした。土地から住民にいたるまですべてに値札がついていて、すべてが売り物だったのです。あんなにも純朴だった人たちが今や最も狡猾な商売人となり、できるだけ元手をかけずにあなたのお金を巻きあげる方法ばかりを考えています。あちらにもこちらにも、蜘蛛の巣のように罠が張りめぐらされ、穴の底であなたを待ち受けています。

この町の人たちは、かつては簡素で正直でした。都会の生活に疲れた人は彼らと接するだけで気分がよくなりました。ところがここ二〇〜三〇年ですっかり様変わりしてしまいました。手づくりパンは姿を消し、バターも工場生産され、町の人たちは牛乳から最良の部分を抜きだす方法や、ワインを偽造するための最新手法を見事に使いこなしています。

そして町を離れるとき、あなたは所持金を数えます。あまり残っていないのできっとぶつぶつ言うでしょう。でもそれは間違いです。お金で手に入れられないものもあるという確信を得るためには、どんなにお金がかかっても高すぎることはないのですから。

たとえば、あなたは「賢くて腕の立つ家事の名人」を雇おうとしているとしましょう。お金があればなんでも手に入るというあの原理にしたがえば、安い給料、普通の給料、よい給料、とてもよい給料、とんでもなく高い給料……を出すことで、たいしたことのない人、普通の人、すぐれた人、とてもすぐれた人、とんでもなくすぐれた人を見つけることができるはずです。けれども、応募してくる人は誰もが、とんでもなく高い給料をもらおうと自分を売りこむでしょう。そして自分の能力を裏づける証明書をあらかじめ用意しているのではないでしょうか。ところが、実際に雇ってみると、有能だったはずの人は十中八九、使いものになりません。

「あなたはなぜ、自分は名料理人だなどと言ったのか？」

もしもこう問えば、ある喜劇のなかで何もできないのに高い給料をもらった料理人が言う台詞のように、彼らは答えるでしょう。

「お金をたくさんもらいたかったからです」

これこそが重要な問題です。高給をもらいたがる人はいつだってすぐに見つかります。けれども、高給に見合う能力のある人はめったにいません。相手に誠実さまで求めるなら、見つけるのはさらに難しくなります。お金目当ての人はすぐに見つかりますが、献身的な人となるとそうはいきません。

私は、献身的な使用人や、頭がよくて誠実な雇われ人など存在しないと言っているのではありません。そういう人たちは、高給をもらう人におけるのと同じくらい低い給料の人においても、いいえ、ときには、低い給料しか支払われていない人のなかにこそたくさんいるものなのです。そもそも、誠実で能力のある人たちがどこにいるかは問題ではありません。たしかなのは、彼らは利益を目的として献身的になるのではなく、自己を犠牲にできるだけの簡素さを心の奥にもっているということです。

大切なものに値段はつかない

お金はすべてを満たすことはできません。お金はたしかに力をもっていますが、全能ではありません。金儲け精神が蔓延することほど、人生を複雑にし、人間からモラルを奪い、社会の正常な機能をゆがめるものはありません。

お金が支配するところでは必ず、誰かが誰かをだまそうとしています。もはや何もそして誰も信用できず、価値あるものは何ひとつ手に入れられません。

お金を中傷しているのではありません。とはいえ、お金に対しては「すべてをしかるべき場所に、すべてをしかるべき地位に」という共通の掟を適用すべきだと考えています。

私たちに奉仕するためにあるはずのお金が、道徳的生活や尊厳や自由を尊重しない専制的権力になってしまうとき。

なんとしてもお金を手に入れたいために商品でないものを市場にもちこんだとき。

裕福な者が、誰に対しても売買が許されないはずのものを他の人から買い取れると思っているとき。

そういうときには、罪深い野卑な迷信に断固として抗議し、その欺瞞《ぎまん》に対して「あなたのお金があなたとともに滅びますように」と声高に叫ぶべきです。

人間がもっているもののなかで最も貴重なのは、たいていの場合、ただでもらったものです。だとすれば、他人にもそれをただで与えることを知らなければなりません。

9

La réclame et le bien ignoré

名声と簡素

現代の稚拙さのひとつは、多くの人が宣伝好きだという点です。頭角を現し、人に知られ、無名の状態から脱したい、つまり自己宣伝したいという欲望が抑えられない人はたくさんいます。そういう人たちの目からすると、無名であるとは恥ずべきことなのです。

彼らは世間に注目されるためならなんでもします。そういう人は、自分のことを、嵐の夜に荒涼とした岩石の上に打ち上げられた遭難者のように、誰からも忘れられた人間とみなしています。自分がここにいることを知らせるために、叫んだり、何かを爆発させたり、火をたいたりして、考えつくかぎりのありとあらゆる合図を送るのです。

爆竹やのろしならあまり罪はないのですが、卑劣なことや罪を犯してまで有名になろうとする者もいます。自分の名を知らしめようと神殿に火を放ったヘロストラトスにはたくさんの信奉者がいるのでしょう。

目立つものを破壊したり、著名な人の名声を傷つけたり、あるいは傷つけようとしただけで、つまりスキャンダルや意地の悪いこと、噂となるような野蛮なことを行っただけで有名になった人がどれだけいることでしょう。

有名になりたいという熱病

名声欲は、少し頭がおかしくなってしまった人たちや、いかがわしい金融家やペテン師や大根役者たちの間に蔓延しているだけでなく、精神生活と物質生活のあらゆる領域に広がっています。政治、文学、科学でさえ、そしてショックなことに、慈善や宗教といった活動分野までもが宣伝に毒されています。

すばらしい事業の周りではトランペットが高らかに響きわたり、魂を改宗させるときでさえ、賑やかに騒ぎ立てます。その被害はどんどん広がり、熱病のような騒動は静かな隠れ家にまで及び、たいていは落ち着いている心をかき乱し、善意の活動をも台なしにします。

すべてを見せるどころか見せびらかし、隠されたままでいるものを評価することができなくなり、ものごとの価値を、どれぐらい大騒ぎになっているか、どれだけ有名かだけで測ろうとする。こうした習慣ができてしまったことで、どんなに真摯な人であっても判断力がなくなってきています。私たちの社会は、一人ひとりが自分の小屋の前で箱を叩いて大騒ぎをする場に変わってしまうのではないかと思うほどです。

そこで私たちは、市場の埃と喧噪を逃れて人里離れた谷間に足を運び、ゆったりと呼吸をします。すると、小川の水がどれだけ澄んでいて、森がいかにひっそりとしていて、ひとりでいることがどれだけ心地よいかを知り、驚くでしょう。

ありがたいことに、汚されていない静かな場所も残されているようです。どんなにうるさかろうと、道化師たちの声がぶつかり合ってどんなに耳障りな音を立てようと、ある境界を越えることはできず、それを越えると音は次第に鎮まり、しまいには消えてしまいます。静寂が支配する領域は騒音が支配する領域より広いのです。それこそが私たちの慰めです。

最良のものは自分の奥底にある

知られざる善と静かな労働が存在するこの果てしない世界の敷居をまたいでみましょう。

すると一気に、誰の足跡もついていない無垢の雪や、ひっそりと咲いている花や、果てしない地平線まで続いているように見える、誰からも忘れられた小道に魅了されるでしょう。世界のいたるところに、仕事の原動力や活動源となるものが隠されています。自然は、思わせぶりにその働きを見せないようにしているかのようです。結果以外のものを観察し、自然の実験室の秘密を知りたいと思うなら、そっと様子をうかがい、工夫を凝らして自然に不意打ちをかけなければなりません。

同じように人間社会においても、善のために作用する力は目に見えないままです。私たち一人ひとりの人生においても同じことが言えます。私たちがもっている最良のものは他人には伝えられず、私たち自身の最も深いところに埋められているのです。

私たちの存在の根っこと絡み合っている感情がエネルギッシュであればあるほど、感情はこれ見よがしに外に出ようなどとはしません。白日の下にあわてて自らをさらすのは、自分を冒瀆することだと思っているのでしょう。自分自身の奥底に、神だけが知っている内なる世界をもっていることは言葉では語りつくせないひそやかな喜びです。その世界から、衝動や、活気や、日々新たになる勇気や、外に向かう行動の強い動機が生まれるのです。

この内的生活が弱くなり、表面的なことを気にするあまりにそれをないがしろにすると、手に入れたはずのものでも、その真の価値は失われてしまうのです。

悲しいことに私たちは、周りから賞賛されればされるほど真の価値を失っていきます。そこで改めて、世の中にある最良のものは人に知られていないものであると確信します。なぜなら、そのことを知っているのはそれを所有している人だけで、所有していると口にしただけで、たちまち最良のものの香りがなくなってしまうからです。

自然の熱烈なファンは、初めて来た人なら見過ごしてしまうような、人目につかない片隅や、森の奥、畦《あぜ》のくぼみなどを愛します。彼らは、荒らされていない静かな場所で、時間も日常生活も忘れて、鳥が巣をつくったり雛に餌をやったり、動物が優雅に跳ねまわったりしているさまを何日も眺めています。

同じように、自分のなかにある善なるものを探しに行かなければなりません。そこにはもはや、束縛もなく、気取りもなく、見物人もいません。あるのは、ほかのことにはまったく気をとられずに、ただ善き者でありたいと望む、人生の簡素な事実だけです。

自分の仕事を淡々と続ける

ここで、私が実際に見たことをいくつかお話ししましょう。登場する人物は匿名にしますので失礼なことにはならないでしょう。

私の故郷、アルザスでの話です。ヴォージュの森に続く人気《ひとけ》のない道ばたで三〇年前から仕事をしている石工がいます。彼に初めて会ったのは、私がまだ若く、これから都会に出ようとわくわくしていた頃です。その人を見た私は、いい気分になりました。仕事をしながら歌を口ずさんでいたからです。二言三言会話をすると、彼は最後にこう言ってくれました。

「じゃあがんばって、幸運を祈ってるよ！」

それ以来、この道を何度も通りました。つらいとき、うれしいとき、いろいろなときがありました。

まだ学生だった私はやがて大人になりましたが、石工は出会ったときのままでした。とはいえ、季節ごとの悪天候に備えて、身につけているものが変わりました。たとえば、むしろを背にかけ、頭を保護するためにフェルト帽を以前より目深にかぶっています。けれども、森には相変わらず彼の力強いハンマーの音がこだましています。彼の年老いた背中の上を、どれだけの突風が吹き荒れたでしょう。彼自身や彼の家族や彼の故郷はどれだけの逆境に陥ったことでしょう。それでも彼は石を切りつづけ、私が帰ってきたときにも出かけるときにも、同じ道ばたにいて、皺くちゃになった顔で微笑み、思いやりをこめて、とくに天気の悪い日には、とてもシンプルな言葉をかけてくれます。

石を切っている彼の口からはっきりと聞こえてくるその言葉に、どれだけ励まされたでしょう。この素朴な人に会うときに私のなかに生じる感動はとても言葉では表せません。そしてもちろん、彼はそのことに気づいていないでしょう。自分を見つめている人に気をとられずにコナラの木が大きくなるように、神が太陽を昇らせるように、自分の仕事を淡々と続ける名もない労働者の姿ほど、力づけられる光景はありません。それはまた、私の心のなかにくすぶっている虚栄心への戒めにもなりました。

私はまた、生涯同じ仕事を続けている年老いた小学校の教師をたくさん知っています。人間の知識の土台といくつかの行動原理を、石ころより硬い子どもたちの頭に叩きこむ仕事です。先生たちは、魂をこめて自分の仕事に没頭し、周りの人たちにどう思われるかなど、ほとんど問題ではないようです。

この先生たちが人知れぬ墓に埋葬されてしまうと、同じようにつつましい人たち以外には思いだされることもないでしょう。けれども、彼らの報いは彼らの愛のなかにあります。知られていないこの人たちほど、偉大な人はいないのです。

善が隠れている場所

善きことはさまざまな形となってどこかに潜んでいます。それを見つけるのは、巧みに隠された悪事を暴くぐらいに骨が折れます。政治犯としてシベリアで一〇年間、強制労働させられたロシアの医師がこう語っていました。

「何人かの受刑者のなかだけでなく看守のなかにさえ、寛容さや勇気や人間性が見られることがあった」

この話を聞くと、考えさせられます。善きことはいったいどこに巣をつくるのでしょう？事実、生きていると大きな驚きや理解に苦しむギャップに出会うことがあります。

世間では立派な人として認められ、政府や教会からも人物が保証され、周りから非の打ちどころがない人と思われていながら、実際には冷たく頑なな心の持ち主がいます。いっぽうでは、落ちぶれて見える人のなかにも、真の優しさをもち、他人のために身を捧げたいと思っている人がいるのです。

人知れぬ善についての話を続けるために、最近不当に扱われている人々について、すなわち裕福な人々についても話しましょう。財産はおぞましいものであり、資産家を悪く言いさえすればすべてを語ったことになると思いこんでいる人がいます。そういう人にとっては、大きな財産を持っている人はすべて、不幸な人間の血を吸いつくした怪物です。そこまで大げさに考えていない人でもやはり、富を利己主義や冷淡さと混同しています。こうした無意識の誤り、あるいは計算ずくの誤りは正さなければなりません。

たしかに金持ちのなかには、誰のことも気にかけなかったり、これ見よがしにしか善行を施さなかったりする人がいます。そういう例はたくさんあります。ですが、一部の人たちの行動が非人間的で偽善的だからといって、他の裕福な人々がしばしばつつしみ深く行っているひそかな善行の価値までおとしめられてよいのでしょうか？

私の知り合いに、愛情すら損なわれてしまう恐れがあるほど、ありとあらゆる不幸に襲われた人がいます。愛する妻を失っただけでなく、年齢の違う子どもたちを次々と亡くしたのです。けれども、それまで一生懸命働いたおかげで、彼には大きな財産がありました。

彼はきわめて簡素な生活を送り、自分自身のためにはほとんど何も必要とせず、常に善を行い、自分の財を活用する機会を探していました。貧しい人を助け、暗い生活を送っている人に光を当て、友人に親愛のこもった贈り物をするために、彼がどれだけ財産を使ったかは誰にも想像ができないでしょう。

彼の楽しみは、他人に善を施し、しかも、誰が行ったのかは知らせないままにその人が喜ぶさまを見ることでした。不当な境遇を立て直してあげたり、不運に見舞われた一家にうれし泣きをさせたりすることが楽しかったのです。彼は自分のしていることを誰かに見つけられないかと子どものようにびくびくしながら、人からは見えないところでいろいろなことを企てました。彼の死後、そのいくつかは明らかになりましたが、それでもまだまだ誰にも知られなかった偉業があることでしょう。彼こそ、自分の財産を真に分け与えた人なのです。なぜなら、財産を分ける人にも二種類あるからです。

他人の財産の一部を自分のものにしたいと望む卑俗な人はたくさんいます。貪欲さがあればそうなれます。いっぽう、財産を持たない人に自分の財産を分け与えようとする人は珍しく、めったにいるものではありません。そういった選ばれし人の仲間になるには、同胞の不幸にも幸福にも敏感で、自分自身を超越した、勇敢で誇り高い心をもっていなければならないからです。幸いなことに、そういう人たちはまだ存在しています。本人たちは求めようとしない敬意を彼らに捧げることに、私は満足を感じます。

目立たなくても善は存在する

より美しいものに目を留め、簡素な善意の花が咲いているような忘れられた片隅の香りをかぐことで、たくさんの卑劣さや中傷やペシミズムやいかさまに対するいらだちを鎮めることができます。

パリの生活にあまりなじめない外国人女性が、目の前に広がる光景のおぞましさについて私に語ったことがあります。不愉快なポスター、意地の悪い新聞、髪を染めた女たち、競馬やキャバレーや賭博場や盛り場に押し寄せる群衆、表面的な社交生活といった光景です。その女性は、堕落した町の象徴とも言える「バビロン」という言葉こそ口にしませんでしたが、それはおそらく、破滅に向かっているこの街の住民である私への憐れみからでしょう。

おっしゃるとおり、それらはみなたしかに嘆かわしいが、あなたはすべてをご覧になったわけではない。私がそう告げると、「もうたくさんです！」と女性は言い返しました。それでも、私はこんな話をしたのです。

——私はあなたにすべてをご覧になっていただきたいのです。なぜなら、とても醜い裏側があるのと同時に、とても力づけられる裏側もあるからです。パリのまた別の界隈を眺めてみてください。あるいは違う時間に見てください。

たとえばパリの朝の光景を見れば、夜更かしのパリというあなたの印象を変えるだけのたくさんのものが見られるでしょう。

まずは、放蕩者や犯罪者が引き上げる時間に出かけて行く、あの実直な清掃人たちを見てください。ぼろを着ていかめしい表情で黙々と仕事をしている人たちです。なんという真剣さで、夜の宴会の残骸をきれいにしていることでしょう。まるで、バビロンの最後の王バルタザールの宮殿で、バルタザールの破滅を告げる預言者のようです。清掃人には女性も老人もいます。寒いときには指に息を吹きかけ、ふたたび仕事をします。毎日がそんなふうなのです。彼らもまたパリの住人です。

次に町はずれの小さな工場に行ってみてください。経営者も労働者と同じように働いている工場です。労働者の一団が仕事場に行くところを見てみましょう。若い娘たちはかいがいしく、工場や店や事務所へと遠い町から陽気に通勤してきます。

家のなかものぞいてみましょう。庶民の妻が仕事をしています。夫の給与は少なく、住まいも狭く、子だくさんで、そのうえ夫は頑固者です。

さらに学生を見に行きましょう。街には、あなたが見たと言っていたような、スキャンダラスなことをしている学生もたくさんいます。ですが、一生懸命勉強している学生もまたたくさんいるのです。ただ、そういう学生は家にばかりいるので目につかないだけです。

カルチエ・ラタンで彼らがどれだけ勉強に精を出しているかを知ったら、さぞや驚かれることでしょう。新聞は、窓ガラスを割る学生のことはしょっちゅう書き立てますが、科学や歴史の問題に遅くまで取り組んでいる学生たちについてはなぜ記事にしないのでしょう？それは一般大衆の興味を惹かないからです。

すべてを知るために見に行かなければならないものを列挙したら、きりがないでしょう。金持ちも貧しい人も、学者も無学の人も、社会全体をひとめぐりする必要があります。そうすればあなたは、もはや以前のように厳しいことを言わなくなるでしょう。

パリは一つの世界です。そこでは、本当の世界と同じように、善は隠され、悪が表に出ているのです。表面だけを見るかぎり、どうしたらあんなにたくさんのごろつきが生まれるのだろうと自問したくなります。ところが、さらに街の奥まで入りこむと、反対に、苦難に満ちて、暗く、ときにはおぞましい人生のなかにも、たくさんの美徳が存在できることに驚くでしょう。

人知れぬ「善き存在」になる

ところで、私はなぜ、くどくどとこうしたことを述べているのでしょう？　自己宣伝をおぞましく思っている人たちのことを宣伝するためではないのか、と言われそうです。でも、そんなふうに思わないでいただきたいのです。私の目的は、知られていない善行に目を向けさせ、それを愛して実践するよう仕向けることです。

一見輝かしく、人目を惹くようなものを自慢している人は堕落しています。なぜなら、そういう人は、とりわけ悪しきことと出会う危険にさらされているためです。また、そういう人は、人目を惹こうとする善ばかりを求めて、目立ちたいという誘惑にいとも簡単に負けてしまうからです。

観客の目があるときだけ、つまり舞台の上では緊張しているものの、楽屋でその分を取り返そうとばかりにだらしない態度でいる芝居の脇役をよく見かけます。そんなふうになることを望まないのなら、「世に知られない」とあきらめるのではなく、その状態を愛さなければなりません。そこに道徳的生活の本質的な要素のひとつがあります。

ここで述べていることは、しがない人々と呼ばれる人たち、つまりその境遇がほとんど注目されない人たちにとってのみ真理なのではありません。主役を演じる人たちにとっても、いえ、主役たちにとってはいっそう真理なのです。

もしあなたが、輝かしく見えるのに役に立たない人になりたくなかったら、羽根飾りや縁飾りばかりが立派で中身のない人間になりたくなかったら、同じ仕事場で最も知られていない人の簡素な精神をもって、主役を演じなければなりません。

目立つときにしか価値のない人は、なんの価値もないのです。最前列を行き、注目を浴びるという危険な名誉にあずかってしまったら、自分のなかにある知られざる善行の神殿をいっそう入念に保とうとしなければなりません。私たちの同胞が正面玄関を見つめている建物に、シンプルさと謙虚な忠実さを備えた大きな礎石を置こうではありませんか。

共感と感謝の念とともに、見知らぬ人たちのそばに留まっていましょう！　私たちはすべてをそういう人たちに負っているのではないでしょうか？　地中に埋もれている石が建物全体を支えているのだということを肝に銘じるような経験をした人すべてが、その証人となってくれるでしょう。

公に認められ、評価されるようになったすべての人は、何人かの忘れ去られた精神的先導者のおかげでそうなったのです。私たちにとって、少数の善き存在――そのなかにはしばしば、人生の敗者と思われている人やつつましくも尊敬されている親たちが含まれていますが――は、美しく気高い人生を具現しています。

彼らは、手本となって私たちを勇気づけ、支えてくれます。彼らの思い出は、私たちの心の奥底と決して切り離せない状態で結びついています。苦しいとき、勇敢なとき、落ち着いているときの彼らの姿を思いだすと、自分の背負っている重荷も軽くなる気がします。

そうした善き存在は目には見えませんが、私たちにぴったりと寄り添い、闘いのなかで私たちがつまずいたり、倒れたりするのを防いでくれる影の軍団のようなものです。そして毎日、人間の宝とは、世界に知られていない善行であるということを私たちに証明してくれるのです。

10

Mondanité et vie d'intérieur

簡素な家庭

第二帝政時代、皇帝が通っていた海水浴場のすぐそばにある、最も美しい郡庁所在地のひとつに、とても尊敬されている町長がいました。

その町長は知的な人でしたが、ある日、皇帝が自分の家を訪れるかもしれないと考えたとたんに頭がくらくらしてきました。彼は親から譲り受けた古い家で、どんな小さな思い出の品も大事にする息子として生きていたのですが、フランス皇帝を自分の家に迎えなければならないという思いにとりつかれたために、別人になってしまいました。

それまでは十分で快適であるとさえ思っていたものや両親や先祖が愛していた簡素さが、突然、けち臭く、醜く、軽蔑すべきものに見えてきました。皇帝ともあろうお方にこんな木造の階段を上らせるわけにはいかない、こんな古い肘掛け椅子に座らせるわけにはいかない、こんな時代遅れの絨毯《じゅうたん》の上を歩かせるわけにはいかない……。

そこで町長は、建築家と左官屋を呼び、壁につるはしを入れ、仕切り壁を取り壊すように言いました。そして、贅沢さにおいても広さにおいても、家の他の部分とは比べものにならないような客間をつくらせました。結局、自分も家族も、いくつかの狭い部屋で暮らすことになりました。それらの部屋には人間と家具が折り重なるように押しこめられ、なんとも窮屈でしかたありません。町長は皇帝が来るにちがいないという思いにとりつかれ、財布を空っぽにして、家じゅうをひっくり返し、皇帝を待ちつづけました。ところがなんということでしょう。帝政時代は終わりを告げ、皇帝はやってこなかったのです。

個性は家庭で育まれる

この哀れな町長の例はさほど珍しくはありません。家庭生活を社交のために犠牲にする人はたくさんいます。彼と同じく冷静ではいられなくなってしまうのです。

こうした犠牲の危険は、激動の時代にあってはより大きな脅威と言えましょう。現代人は常にそうした危険にさらされていて、多くの人がその罠にはまっています。社交上の野心や習慣を満たすために、どれだけたくさんの家宝が無駄に手放されてきたでしょう。「幸福」を手に入れるためだと思われていますが、肝心の幸福はいつになってもやってきません。家庭を犠牲にして良い伝統をなくし、家のなかのシンプルな習慣を捨て去ってしまうことは、間違った取引なのです。

社会において家庭生活の優先順位は高いはずです。家庭をなおざりにしては、社会全体が混乱に陥ってしまいます。社会が健全な発展を遂げるためには、独自の価値と個性をもつしっかりとした人間が、各家庭から社会に送りだされてくることが必要なのです。そうでなければ社会は単なる羊の群れ、ときには羊飼いのいない群れとなってしまうでしょう。


ところで、人々は「個性」をどこから汲み上げるのでしょうか?

個性とは、他の人たちの特性と結びつくことで、環境に豊かさと堅牢さを与えることができるユニークなものです。

個性は家庭のなかでしか育まれません。いろいろな思い出や行動が集まって、各家庭は小さな風土をつくりあげていますが、それを壊したらどうなるでしょうか? 人間の性格の源泉が涸れてしまい、公的精神の根っこまでもが断ち切られてしまいます。

各家庭は、家族一人ひとりに消すことのできない精神的烙印を与えることで奥深い世界となることができます。それがまた、祖国にとって大事なのです。

家を「仮住まい」にしていないか？

家庭生活の基礎には、過去に対する尊敬の念があります。家庭がもつ最良のものは、家族に共通する思い出だからです。

思い出は、侵すことができず、分けることもできず、譲り渡すこともできない資本であり、「聖なる預かりもの」です。家族の一人ひとりは、そうした思い出を最も貴重な持ちものと見なすべきです。

思い出は、観念と事実という二重の形で存在します。目に見えない観念としては、言葉づかい、考え方、感情、さらには本能においてまで思い出が息づいています。目に見える事実としては、肖像画、家具、建築物、衣服、歌といった形で表されています。俗人の目には、なんの価値もないものに映るかもしれません。ですが、家庭生活のいろいろなものごとを評価できる人にとっては、それはどんな代価を払われても手放してはいけない聖なる遺物なのです。

ところが、私たちが生きている世界では、世間体が家庭に戦争をしかけています。なんであれ闘いは悲痛なものですが、これほど激しい闘いは見たことがありません。さまざまな手段によって新しい習慣や要求や主張が行われ、世間体が家庭という聖域に侵入しているのです。世間体という異邦人の権利や地位とはいったいどういうものなのでしょう? あれほど断固とした口調で権利を主張する根拠はなんなのでしょう?

私たちは世間体という侵入者に対して、簡素で貧しい人が贅沢な訪問客をもてなすように振る舞っています。一日だけの厄介な客のために、菜園の作物すべてを採ってきて、使用人や子どもたちを叱りつけ、自分の仕事も放りだすとは、なんと不当で軽率な行動でしょう。どんな人の前でも、ありのままの自分でいる勇気をもたなければならないというのに。

世間体にはありとあらゆる恥知らずなものが含まれています。たとえば、簡素ですばらしい家庭があり、人も家具も習慣も、すべてが調和しているとします。ところが、結婚やビジネスや趣味のために世間体が入りこんだらどうでしょう?

世間体は家庭にあるものすべてを古くさく、ぎこちなく、質素なものと見なします。初めのうちは批判をし、気の利いた冷やかしを言う程度です。ところが、そういうときこそ最も危険なのです！　少しでもその批判に耳を傾けたが最後、翌日には家具を、その翌日には古き良き伝統を犠牲にすることになるでしょう。大事にしていたはずの心のなかにある形見や慣れ親しんできたものを少しずつ、孝行心とともに古道具屋に売り飛ばしてしまうのです。

環境が変わり、新しい習慣が根付くとともに、旧友や年老いた親はすっかり居心地が悪くなるでしょう。そしてあなたはさらに一歩進み、彼らをついにお払い箱にします。世間体は古いものを捨てていきます。こうしてまったく変わってしまった環境のなかで、あなた自身、そこにいることに驚くでしょう。何ひとつ昔を思いださせるものはありません。それでも、これでいいのだと自分に言い聞かせます。少なくとも世間体は、満足をもたらしてくれるのですから。

ところが、悲しいかな、あなたは間違っています。本物の宝を鉄くずのように捨てさせられたあとで新しいお仕着せを身につけても、借り物を着ているような気にしかなりません。あなたはやがて、そういう状況が滑稽だと感じるようになるのです。そんなことなら、最初から勇気をもって自分の意見を通し、家庭を守ったほうがどんなによかったでしょう。

若い人たちの多くは、結婚すると社交の誘惑に負けてしまいます。親というつつましい生活の見本がいても、新しい世代は親のライフスタイルを退けます。自分たちの目にはあまりに家父長主義的と映るためであり、そうすることで、権利と自由を手に入れられると思いこんでしまいます。その結果、大金をはたいて最新流行の環境を整え、真に有益なものを二束三文で手放すのです。

家庭について「思いだしなさい」と忠告してくれる品の代わりに、思い入れなどもてない真新しい家具をどんどん運びこみます。いえ、なんの思い入れもないというのは間違いです。それらはしばしば、安易で表面的な生活の象徴なのですから。その真ん中にいると、社交の魅力的な蒸気のようなものを吸いこむことになります。嫌でも外の生活や豪勢な暮らしやめまぐるしさを思い起こさせます。たとえ忘れようとしても、社交の蒸気は思いをそちらに向けさせ、また別の言葉で言うのです。「思いだせ！　社交クラブや演劇や競馬に行く時間を」

こうして家庭は、長い不在と不在の間に少しだけ立ち寄って休憩する仮住まいのようになってしまいます。長い間、家にいるのはよくないことと言わんばかりです。家庭にはもはや魂がないので、魂に話しかけることもできません。眠る時間と食事する時間以外は、慌ただしく出かけなければなりません。家にいるときはいつもぼうっとして、半分眠っているような状態になります。

誰もが知っているように、世の中には外出好きな人がいます。そういう人は、自分がどこにでも顔を出さないと世界が止まってしまうと思っているようです。家にいるのは最もつらいことで、考えるだけでもぞっとするというわけです。外出好きな人にとっては、お金をかけずに家で楽しむより、外で退屈なことをするためにお金をつかうほうがいいのです。

家庭の伝統を学び直す

こうして、社会は次第に羊飼いなき羊の群れの生活に向かっていきます。

世間体を意識した生活は、誰が送ろうとそっくりで、ほとんど違いはありません。この普遍的な平凡さが公的精神の本質を壊すのです。

世間体が現代社会にもたらした害悪を確かめるために、さほど長い旅をする必要はありません。私たちが、心の根底となるものも、心のバランスも、おだやかな良識も、創意もほんの少ししかもち合わせていないとしたら、その大きな理由のひとつは、家庭生活が弱まっていることにあります。

家を出て、酒場に行くのは社交が好きな表れです。人々を家の外に連れだすこの風潮は、貧困や住宅環境の悪さだけでは説明がつきません。

なぜ、農夫は、父親や先祖があれほど満足していた家を捨てて酒場に足を運ぶのでしょうか？　住まいは昔と変わっていません。昔から同じ暖炉のなかで同じ火が燃えています。かつては若者も老人もその火を囲んで夜更かししていたのですが、もはや囲んでいる人数もまばらです。人々の精神の何かが変わったのです。不健全な欲望に負け、簡素さとの関係を断ち切ってしまいました。父親は名誉ある持ち場を離れ、妻は孤独にかまどのそばでぼうっと暮らし、子どもたちは喧嘩をしながら家庭を立ち去る番が来るのを待っているのです。

私たちは、家庭生活と家庭の伝統の価値を学び直さなければなりません。

私たちの間に存在する過去の唯一の遺物である記念碑は、敬虔な心づかいによって神聖なものとされてきました。同じように、昔ながらの服装や方言や古い歌は、世界から姿を消さないようにと、敬虔な人の手によって集められてきました。偉大な過去のかけらや先祖の魂の痕跡を守りつづけるのはなんとすばらしいことでしょう。家庭の伝統のためにも同じことをするべきです。

部屋にも愛と魂が宿る

すべての人が守るべき伝統をもっているわけではありません。だからこそ、家庭生活をつくりだし、育むことにいっそうの努力を払わなければならないのです。そのために必要なのは、家族の人数が多いことでも裕福なことでもありません。ひとつの家庭をつくりだすために必要なのは、「家庭精神」です。

どんな小さな村であっても、固有の歴史、固有の精神的足跡があるように、どんなに小さな家庭もその家庭ならではの魂をもつことができます。それは、人間の住まいにおいて私たちを取り囲む空気となります。なんと神秘的な世界でしょう。

ある家では敷居をまたいだとたん、冷たさと心地悪さを感じます。何かとらえどころがないものに押し返されます。ところが、ある家ではなかに入ってドアを閉めたとたん、思いやりと上機嫌に取り囲まれます。

「壁に耳あり」という言葉があります。壁には声があり、壁は何も言わなくても雄弁に語ってくれます。住まいにあるすべてのものには、そこにいる人々の魂が漂っています。

家庭精神の力はひとり住まいの男女の家にも見られます。この場合も部屋によって大きな違いがあります。

こちらの部屋には無気力と無関心と卑俗さが蔓延しています。住人のモットーは、本や写真の並べ方にまで表れています。「すべてどうでもいい」というモットーです。

ところがあちらの部屋には、生きる喜びと他人にも伝わっていく快活さが見られます。訪れる人は、さまざまな形でこういう声を聞くことでしょう。「束の間の客人よ、あなたが誰であれ、あなたの上に平安があるようにできるだけのことをしてさしあげましょう」

窓辺で栽培され愛されている花、皺だらけの手のおじいさん――頬がふっくらとした子どもたちがその手にキスをしています――が座っている古い肘掛け椅子の魅力。そういう家庭生活の力は、いくら強調しても強調しすぎることはないでしょう。

しょっちゅう引っ越しをして生活環境を変えている哀れな現代人よ。私たちは、自分たちの町や家や習慣や信仰の形をあまりに変えてしまったために、もはや頭を休める場所もありません。

家庭生活を打ち捨てることで、私たちの不確かな存在の空虚さや悲しみがこれ以上大きくならないように注意しましょう。火の消えた暖炉にもう一度火をともしましょう。子どもたちが成長し、愛が隠れ家を、老人が休息を、祈りが祭壇を、そして祖国が崇敬をもつために、誰にも侵されることのない場所と温かい巣をつくろうではありませんか。

11

La beauté simple

簡素な美しさ

簡素な生き方をすることに対して、美学の名において異議を唱える人がいるかもしれません。あるいは、さまざまな事業の守り神であり、芸術の偉大な扶養者であり、文明社会の飾りでもある「贅沢」がいかに有用かという理屈で、反論する人もいるかもしれません。そういう人たちに対しては、あらかじめいくつかの簡単な指摘をしたいと思います。

これまで述べてきた精神は、功利的な精神とは違うということにはすでにお気づきでしょう。本書で追求する簡素とは、けちな人が物惜しみをするあまり自分に義務づける簡略主義や、偽りの厳格主義による狭量の精神が生みだす質素とは異なります。

けちな人にとって、簡素な生き方とは「お金をかけない生き方」です。

厳格主義の人にとって、簡素な生き方とは、微笑んだり輝いたり魅了したりするすべてのものに目を向けないことに価値を置く、「色あせた無為の生き方」を指しています。

資産家が、お金を貯めこむ代わりに流通させ、商業を活性化させ、美術品を発展させるのは決して悪いことではありません。つまり、その特権的状況をうまく活用することになるからです。私たちが闘おうとしているのはこうした資産家ではなく、愚かな浪費や利己的なお金の使い方、とりわけ、まず最小限必要なものを手に入れなければならない人が過剰なものを求めることに対してです。

芸術の庇護者の贅沢と、華やかな生活ぶりと度を超した浪費で周りの人々を驚かそうとする卑俗な享楽主義者の贅沢とでは、社会に与える影響が異なります。贅沢という言葉は同じでも、中身は大きく違います。お金をばら撒くことがすべてではありません。ばら撒き方にも、人を高貴にするやり方と、堕落させるやり方があるのです。そのうえ、お金をばら撒くことは、その人がありあまるほどお金を持っていることが前提となります。

ところが、限られた資産しか持っていない人が豪華な暮らしを強く望むと、話は変わってきます。そして、現代において注目すべきは、財産を節約すべき人に限って浪費したがるという点です。

「気前のいいことは、ひとつの善行である」という意見には、私も積極的に賛成します。それどころか、ある種の金持ちの浪費は、過剰な富を外に出すための安全弁のような役割を果たすこともあります。

ただ私が言いたいのは、節約したほうが自分のためになり、また義務でもあるといった経済状態であるのに、その安全弁と戯れる人があまりに多いということです。

贅沢と贅沢への執着は、個人に不幸をもたらし、社会全体に危険をもたらします。

日常生活に人生の美がある

次に、美学の問題について、できるだけ控えめに、専門家の畑を荒らすことなく説明しましょう。簡素と美をライバルと見る風潮が広がっていますが、それは錯覚です。「簡素」が「醜い」の同義語でないことは、「贅沢な」「手のこんだ」「流行っている」「お金がかかっている」が「美しい」の同義語でないのと同じです。

私たちの目は、派手な美しさや、お金のかかった芸術品や、優雅さやエスプリも感じられない豪華さが氾濫している光景で濁ってしまいます。悪趣味と結びついた豊かさは、「あれほどたくさんの低級品をつくるために、あんなにたくさんのお金を使ったのか」と私たちに後悔させます。

現代アートは文学と同じようにシンプルさの欠如に苦しんでいます。飾りが過剰に加えられ、もってまわった修飾、凝りすぎた想像力の産物があまりにもたくさん見られます。線でも形でも色でも、完全な作品につきもののあのシンプルさが認められることはめったにありません。

完全な作品は、明白さこそが精神に訴えかけるように、視覚に対してシンプルさを訴えかけます。私たちは、不朽の美の理想的な純粋さにもう一度浸る必要があります。不朽の美は、傑作に烙印を押し、そこから放たれる一条の光は、どんな大げさな展覧会よりも価値があるのですから。

けれども、ここで私が強調したいのは、生活に魅力と光を与えるために、住まいを飾ったり身繕いをしたりといった日常生活における美学です。見かけを気にすることは、どうでもいいことではありません。

日常生活における美学によって、その人が自分の人生に魂をこめているかどうかがわかります。私たちが形を美化して整えることは無駄な心づかいであるどころか、できるだけ行うべきことだと思います。大自然がその手本を示してくれています。

あっという間に過ぎてしまう日々をいろどる美の輝きを軽視する人は、はかない花でさえも永遠の山々と同じ愛、同じ心づかいで創りあげてくれた神の意志を遠ざけています。

いちばん美しいのは自分らしい装い

「真の美しさ」と「名ばかりの美しさ」とを混同させるような野卑な誘惑に負けてはいけません。生活の美と詩情は、私たちがそこに与える意味によって変わってきます。私たちの家、テーブル、身なりは自分の意志を表しているはずです。そこに意志をこめるのであれば、まずは意志をもたなければなりません。意志をもつ人は、どんなに簡素な手段であってもそれを認めさせるすべを知っています。

住まいや服装に優雅さと魅力を与えるのに、金持ちである必要はありません。センスと善意があればいいのです。これは誰にとっても重要なことですが、おそらく、男性より女性に大きくかかわる問題ではないでしょうか。

女性たちに粗雑な服を着せたり、袋を思わせるようなあまりに素っ気ない形の服をまとわせようとする人は、自然のもつ最も神聖なものを汚し、ものごとの精神をまったくわかっていない人です。

衣服が単に寒さや雨から身を守るためのものならば、荷造り用の布や獣の皮で事足りるでしょう。ですが、衣服はそれ以上のものです。人間は自分がつくるものすべてに自分のすべてをこめています。つまり、人間は自分が使用するものを記号に変えています。衣服は単に身を覆うものではなく、ひとつのシンボルです。そのことは、国や地方で異なる色とりどりの豊かな民族衣装を見ればわかります。

身だしなみもまた、私たちに何かを語りかけています。そこに意味がこめられていればいるほど価値があるのです。したがって、外見が真に美しくあるためには、何か善きこと、個性、そして真理を私たちに告げている必要があります。

高価な服でも、着ている本人となんの関係もなければ、それは単なる仮面にすぎず、奇妙なものを身にまとっているとしか思われないでしょう。流行の追いすぎも、型にはまった飾りの下にその女性の真の姿を隠してしまうことで、その人の最も大きな魅力を奪ってしまいます。女性たちがとても美しいと考えているもののなかには、夫や親の懐を痛めるだけでなく、本人の美しさを損なってしまうものもあるのです。

ある若い女性が自分の考えを述べるとします。選び抜かれた力強い言葉を使ってはいるものの、その言葉がすべて会話マニュアルに載っている文章そのままだったとしたらどうでしょう？　借り物の言葉にどれだけの魅力が感じられるでしょう？　それ自体はとても良くできていても、ほかの女性とまったく見分けがつかない身なりについても同じことが言えるのではないでしょうか。

私の考えと関連して、ベルギーの作家であり詩人でもあるカミーユ・ルモニエの言葉をここで引用してみたいと思います。

――自然は女性の指に魅力的な芸術を触れさせた。女性はその芸術の本質を知っていて、それはまた彼女独自の芸術でもある。シルクが蚕のつくりだす芸術であり、レースが敏捷《びんしょう》で繊細な蜘蛛の芸術であるように。（中略）女性は詩人であり、優美さと純真さの芸術家である。神秘を紡ぎ、周りの人々を喜ばせたいという気持ちからそれを身にまとう。他の芸術品において男性と同じような才能を見せたとしても、女性がほんのちょっとした服にこめるエスプリや着想にはとても及ばないだろう。だからこそ、私はこの芸術がもっと重んじられてほしいと願っている。

教育とは、自分の頭で考え、自分の心で感じ、個人的でささやかなことや、自分の内面や潜在意識を表現するためのものであって、画一的になるように押しこんだり均《なら》したりするためのものではない。同じように、やがて母となる若い娘は、装いのちょっとした美学をできるだけ早く学んでほしいと思う。やがて子どものために衣装係になるのだから、まずは自分のすぐれた衣装係になるべきである。（中略）しかも、女性らしい器用さと個性を生かして服というこの傑作を臨機応変に選び、自分らしい装いにできるセンスと才能をもってほしい。ドレス……。それがなければ、女性はぼろ布のかたまりにすぎなくなってしまうだろう。——

身なりが人生についての考え方を示し、帽子が詩であり、リボンの結び方で個性が表れるなら、家の整え方も人々の精神に語りかけます。

それなのになぜ、住まいを美しくするという口実の下に、価値のある住まいの個性を取り除こうとするのでしょうか？　なぜ、どこにでも見られる画一的な美をはびこらせることで、自分たちの部屋をホテルの部屋のようにし、居間を駅の待合室のようにしてしまうのでしょうか？

家が建ち並ぶ街や、たくさんの町からなる国や、たくさんの国でできた広い大陸を歩きまわったとして、どこに行っても同じ形ばかりで、その多さにいらいらさせられるとしたら、なんという不幸でしょう。本来の形のままの簡素さがあったら、どんなに美しいでしょう。見かけだけの贅沢さをもち、凡庸で味気なく、そのくせこれ見よがしにけばけばしい装飾の代わりに、無限の多様性をもつことができるでしょう。

そうすれば、実にさまざまな形で思いがけないものに出会う楽しみが与えられ、そこに絨毯や家具や屋根に刷りこまれた秘密、古いものに計り知れない価値を与える作り手の個性の印を見つけることができるのではないでしょうか。

心をこめた家事は芸術になる

この章をしめくくるために、もっとシンプルなことについて触れましょう。それは、現代の若者たちがまったく詩的だと思っていない、こまごました家事についてです。

若者はみな、家庭生活に不可欠である物理的な仕事や地味な配慮を軽く見ています。これは世間によく見られる悪しき混同、つまり「詩情や美は特定のものにしか宿っていない」という考え方によるものです。

文学をたしなんだり、ハープを演奏したりするのは優雅で高尚なことだけれど、靴を磨いたり、部屋を掃除したり、スープ鍋を見張るのはまったく優雅さに欠ける粗雑なことだというわけです。なんと子どもっぽい間違った考え方なのでしょう。ハープや箒の問題ではないはずです。すべては、それを握る手、その手を動かす精神にかかっているのです。

詩情はもののなかにあるのではありません。私たちの心のうちにあるのです。

彫刻家が自分の夢を石に刻むように、私たちは対象に詩情を注ぎこまなければなりません。私たちの生活や仕事が得てして魅力に欠けるのは、外から見ると優雅に見えるにもかかわらず、私たちがそこに何も注ぎこんでいないからです。芸術の骨頂は、生気のないものを生き生きと蘇らせ、野性的なものを手なずけることにあります。

たしかに、美術の教養には道徳心を高める何かがあり、私たちが目で見た感動は私たちの思想や行動に浸透していきます。ですが、芸術をつくりあげるのは一部の人たちにしかできない特権です。美しいものを所有したり、理解したり、ましてつくりあげることは、誰もができることではありません。

いっぽうで、どこにでも見られる人間的美しさもあります。それは、妻や娘たちの手で生まれる美しさです。その美しさなくしては、どんなに飾り立てられた家もなんの価値もありません。ただの冷たい住まいです。その美があってこそ、どんなに殺風景な家も活気を得て、明るく輝くのです。人間の意志を気高くしたり、変化させたり、幸福感を強くさせたりする力のなかでも、この美しさほど普遍的に使われているものはないでしょう。

その美は、最悪な状況下で、最も貧しい道具を使ってでも、その価値を発揮することができます。部屋が狭く、収入が限られていて、テーブルが貧弱でも、才能のある人は、そこに秩序と清潔さと礼儀正しさをもたらすすべを知っています。その人は、自分が考えたすべてのことに気づかいとちょっとした手法をこめるのです。なすべきことを立派にやりとげることは、その人にとっては金持ちの特権ではなく、すべての人間の権利です。

こう考えていくと、毎日の生活には、これまで知らなかった美しさや魅力やくつろいだ満足感が隠されているとわかるでしょう。自分自身でいること、自分がいる本来の環境に固有の美しさを実現すること。それが理想です。

私たちの使命は、ものごとに魂をこめること。外的なシンボルとして、その善意の魂にどんなに粗暴な人でも心打たれるような心地よく繊細な形を与えることです。

なんと深く意味がある使命なのでしょう。自分が持っていないものを欲しがり、奇妙な飾りを不器用に真似ようとするより、はるかに価値があるのではないでしょうか。

12

L'orgueil et la simplicité dans les rapports sociaux

簡素な社会

より良く、より落ち着いていて、より力強い生き方への障害は、周りの状況よりむしろ私たちのなかにあります。これを証明する鍵となるのは、「傲慢さ」という言葉です。

社会的状況の多様さやそのギャップから、ありとあらゆる種類の紛争が起きるのは避けがたいことです。ですが、他者との関係をとらえるときに他の精神をとり入れることができたなら、同じ社会のメンバー間の関係はずっとシンプルになるのではないでしょうか?

人々を仲違いさせるのは、社会階級や職業や一人ひとりの境遇の違いではないことをまず理解しましょう。そういうものが原因だとしたら、仕事仲間や、利害が一致する人々、さらには同じ境遇にある人々の間にはすばらしい平和が見られるはずですから。ところが、実際には反対です。最も激しい喧嘩は仲間内で起こり、内乱ほど悲惨な戦争はありません。

人間がお互いにわかり合うのを妨げるもの、それは何よりも傲慢さです。

傲慢さによって人間は、相手を傷つけずに他者とかかわることができないハリネズミになってしまいます。

まずは、偉い人たちの傲慢さについて話しましょう。

お互いを比較する困った風潮

四輪馬車に乗っている金持ちの男がいます。私がその男になんともいえない不快さを感じるのは、彼の馬車のせいでも、身なりのせいでも、お付きの者の数のせいでもありません。彼が人を軽蔑しているからです。

私の性格はそこまで卑しくないので、彼が大きな財産を持っているということぐらいでは傷つきません。けれども、彼は私に泥水をひっかけ、私の身体すれすれに馬車を走らせ、私など眼中にないという態度を見せました。私が彼のような金持ちではないからです。

彼は私を不愉快にさせました。つまり、彼は私に無意味な苦痛を与えたのです。彼は、私をさしたる理由もなく侮辱しました。人を傷つけるこうした傲慢さに対して憤慨するのは、私の内にある卑俗な部分ではなく、最も高貴な部分です。

「うらやましいからじゃないのか」などと言わないでください。私はちっともうらやましいなどと思っていません。そうではなく、人間としての尊厳が傷つけられたのです。

このときに感じたことを説明するのは簡単です。生き方について真剣に考えてきた人なら誰でも、私の発言を裏付ける多くの経験をしているはずだからです。

「物質的な利益がすべて」という環境においては、株式市場で相場をつけるように人間同士が価値を評価し合うほど、富の傲慢さが猛威をふるっています。評価は金庫の中身によって決まるというわけです。

上流社会は大きな資産を持つ者で成り立ち、中流社会は中ぐらいの資産を持つ者で構成されています。その後にわずかの資産しか持たない者、まったく資産のない者と続きます。どんなときも、お互いをこの原則にしたがって扱います。金持ちの者が、自分ほど裕福でない者を軽蔑すると、今度はその金持ち自身が、より財産を持っている者から軽蔑されます。**お互いを比較し合うという風潮が階級のてっぺんから底辺にまではびこっているのです。**

このような環境は、最悪な感情を育むのにおあつらえ向きです。とはいえ、非難されるべきは富ではなく、その富に注がれる精神なのです。金持ちのなかでも親から財産を受け継ぎ、裕福さに慣れている人は、こんな野卑な考えをもちません。ですが、そういう人たちも、

「貧富の差についてはあまり話題にしてはならない」というデリケートさを忘れています。

あり余る財産を持っていること自体はまったく悪いことではないとしても、それを見せびらかし、最小限のものすら持っていない人々にショックを与え、貧しい人々に対してその贅沢さをひけらかすことが必要不可欠なのでしょうか？

健康な人は、普通はたしなみと恥じらいから、衰弱しきった病人のかたわらで、その旺盛な食欲や熟睡できることや生きる喜びについて語ったりはしないでしょう。

ところが、裕福な人の多くは、気配りができず、同情心や慎重さに欠けています。自分で他人の羨望をかき立てておきながら、うらやましがられることについて嘆くのはおかしいというものでしょう。

富をどう所有するかを学ぶ

自分の財産を自慢したり、知らぬ間に贅沢の誘惑に負けてしまったりするときに欠けているのは分別です。第一に、富を個人的な資質と見なすのはあまりに子どもじみた誤りです。容れ物と中身のそれぞれの価値についてのこれほど単純な思い違いもないでしょう。この問題に関係のありそうな人たちには、こう告げずにはいられません。「あなたの持っているものと、あなた自身とを混同しないように気をつけなさい」と。

富の傲慢さに身をゆだねる人は、もうひとつ最も大事なことを忘れています。それは、所有するとはひとつの社会的働きであるということです。たしかに個人の所有物は、個人の生活や個人の自由と同じように正当なものと言えます。個人の生活と個人の自由は分かちがたく、いわば人生の基地とも言えます。その基地を攻撃することは、あまりに大きな危険をはらんでいます。けれども、個人はあらゆる点で社会とつながっていて、個人が行うことはすべて社会全体のためでなければなりません。ですから、所有することは、讃《たた》えられるべき特権というよりむしろ、その重みを感じなければならない負担なのです。

どんな社会的機能を果たすためにも、しばしば厳しい修行が必要となりますが、富と呼ばれるこの機能にも修行は必要です。所有のしかたは、習得するのが難しい技術です。貧しくても裕福でも、ほとんどの人は、お金があればあとはただ好きに生きていけばいいと考えています。だからこそ、「金持ちでいる技術」を知っている人が少ないのです。

富とは、たくさんの人にとって、ルターの一見陽気な恐るべきたとえによれば、ロバの足元に置かれたハープのようなものです。それをどうやって使っていいか、まったくわからないのです。

ですから、金持ちでありながら簡素な人、つまり、富を人間としての使命を果たすための手段と見なしている人に会ったら敬意を表さなければなりません。その人は間違いなく立派な人だからです。数々の障害に打ち勝ち、試練を乗り越え、卑俗な、あるいは巧妙な誘惑にも負けなかったのですから。自分の財布の中身を、自分の頭や心の中身と混同することも、数字で同胞を評価することもない人なのですから。

金持ちで簡素な人にとって、特別な境遇はうぬぼれのもとになるどころか、むしろ謙虚にさせます。というのも、その人は、自分の義務の高さまではまだまだ到達していないと感じるからです。裕福でありながら、きちんと人間でありつづけているのです。誰でも受け入れ、誰をも助けます。自分の財産を自分と他者とを隔てる障壁にするどころか、他者に近づくための手段としています。

金持ちの身分は、たくさんの傲慢で利己的な人々によって台なしにされてしまいましたが、金持ちで簡素な人は、正義に敏感な人たちから常に賞賛されるでしょう。その人の生き方を見た誰もが自分自身を振り返り、こう自問するでしょう。

「私がもしあのような境遇にあったらどうなっていただろう？　自分の財産があたかも他人の財産であるかのように行動するといった、つつましさや悟りや誠実さをあの人のようにもてただろうか？」

世界と人間社会が存在するかぎり、利益をめぐる激しい対立があるかぎり、地上から羨望とエゴイズムが消えないかぎり、簡素の精神に貫かれた富ほど尊敬すべきものはありません。そのような富は、許されるものとなる、いえ、むしろ愛されるのではないでしょうか。

人への命令は自分への命令

富から引きだされる傲慢より有害なのは、権力から引きだされる傲慢さです。ここでいう権力とは、その力がどれだけ大きいものであれ、どれだけ限られたものであれ、ひとりの人間が別の人間に対してもっている力全体を指します。

世の中には、力の不平等を避ける手段はありません。どんな組織も、力関係の序列を前提として保たれているのです。私たちは決してそこから逸脱することはできないでしょう。けれども、私は、権力欲が広まりすぎることで権力の真の精神がなくなってしまうことを恐れています。権力の精神を正しく理解せずに、権力を乱用するあまり、いくらかでも権限をもっている者は、至るところでそれを危機にさらすことになるのです。

権力とは、それを保持している者に対してとても強い影響を与えます。自分のもつ権力に振りまわされないためには、よほど冷静でいなければなりません。

ローマの皇帝たちはその全盛期には頭が錯乱しているように思えますが、それは普遍的な病で、どの時代にも存在します。どんな人のなかにも暴君が眠っていて、目を覚ます機会をうかがっています。暴君は権限の最悪の敵です。というのも、暴君とは権限を許しがたいほど戯画化している人だからです。そこから、たくさんの社会的な紛争や傷つけ合いや憎しみが生まれます。

自分に頼っている人たちに向かって「おまえはこれをやれ、それが私の意志、いや私の楽しみなのだから」などと言う人間は悪いことをしています。誰の心のなかにも個人的な権力に抵抗したいと感じる何かがあるはずです。そしてその何かこそ、尊重すべきものなのです。

結局、人間はみな平等です。服従を強要する権利をもつ人などどこにもいないのです。彼は彼、私は私なのですから。服従を強要されると、人間は堕落します。それを黙って見すごすわけにはいきません。

学校、町工場、軍隊、役所などで人が人を支配しているのを見たことがないと、権力を横暴に行使する人たちがどれほどの害悪をつくりあげるかについては想像ができないかもしれません。

権力者は、自由な魂を奴隷の魂、つまり反逆者の魂に変えてしまいます。命令する人間の身分が服従するほうの身分に近ければ近いほど、反社会的で有害なこの作用が確実に起こります。ですから、最も手加減しない暴君は最も小者《こもの》の暴君なのです。

たとえば、小さな工場の責任者や監督者は、工場長や工場の経営者より凶暴なやり方で従業員を支配しようとします。伍長は大佐より兵士に対して厳しいというわけです。どこであれ、自分の権限に酔いしれている下っ端にこき使われる人間は実に不幸です。

権力を行使する者の第一の義務は「謙虚である」ことも、あまりに忘れられています。尊大になることが権威ではありません。掟をつくることも権威者の仕事ではありません。掟はすべての人の頭上にあるもので、権威者はそれを解釈する役割を果たすにすぎません。

その掟の価値を他の人に知らしめるには、まずは権威者がその掟にしたがわなければなりません。人間社会における命令と服従とは、つまるところ、自発的な奉仕という美徳の二つの形なのです。人々がある人物に服従しないとしたら、たいていはその人物が率先して服従しようとしなかったからです。

相手に精神的な影響力を及ぼすには秘訣があります。それは、シンプルに命令することです。シンプルに命令する人の権威は、縁飾りにも、肩書にも、制裁措置にもありません。鞭《むち》を使うわけでも脅《おど》すわけでもないのに、誰もがその人にしたがいます。どうしてでしょう？シンプルに命令する人は、いざとなったら自らなんでも行う準備ができており、それを誰もが感じるからです。

ある人が、他の人に対して時間やお金や情熱や、場合によっては命まで犠牲にするよう要求する権利をもてるとしたら、それは、要求した人自身がそれらをすべて犠牲にする決意をしているだけでなく、心のなかではすでにすべてを犠牲にしているときです。こうした精神に動かされている人の命令には不思議な力がこもっていて、相手をしたがわせ、義務を果たすように動かします。

人間の活動のあらゆる分野には、自分の部隊を啓蒙し、サポートし、発奮させるリーダーがいます。そのリーダーに指揮された一団は、とんでもないことでもやってのけるのです。部下たちはリーダーと一緒ならどんなこともできそうな気がします。「たとえ火の中、水の中」とばかりに、まさしく熱狂して命令を実行することでしょう。

傲慢さが人間関係の溝をつくる

偉い人の傲慢さだけでなく、小者の傲慢さも存在します。下級の人たちの尊大さは、上級の人たちの尊大さにぶらさがっているプライドによるものです。けれども、どちらも傲慢さの根は同じです。

その態度だけで反乱が起きるほど横柄で高慢な人だけが、「私が掟である」と言うわけではありません。自分よりすぐれた存在を認めようとしない頭の悪い下っ端たちもまた、「私が掟である」とわめくのです。

実際に自分よりすぐれたものに対していらだつ人はたくさんいます。そういう人は、他人の意見はすべて攻撃と受け止め、批判は中傷であり、命令は自由の侵害だと感じます。そういう人は規則を認めることもできないでしょう。何かを、あるいは誰かを尊重することは、気の迷いでしかないのです。そして、こう言うでしょう。

「自分たち以外の者の居場所などどこにもない」

たいした地位にいなくても、自分より上の者からは決して十分な敬意を払ってもらえないと思っていて、扱いにくく、すぐに不機嫌になる人もまた、傲慢な人の部類に入ります。彼らは、どんなに良いものやどんなに人間的な人でも満足せず、まるで犠牲者のような表情で義務を果たします。悲しい精神の奥底に場違いな自尊心がありすぎるのです。

そういう人は、自分の持ち場をシンプルに守るすべを知らず、奇妙な欲求と不当な下心によって自分の人生も他人の人生も複雑にしてしまいます。

人間を詳しく研究してみると、「しがない人たち」と呼ばれるにふさわしい人々のなかにもたくさんの傲慢さが隠れていることに驚くでしょう。この傲慢という悪徳の力は強く、つつましい状況で生きている人たちの周りにまで、隣人を遮断するための分厚い壁をつくってしまいます。野心と軽蔑のなかにバリケードを築いて立てこもると、権力者たちと同じぐらい近づきがたい存在になります。無名な人でも有名な人でも、傲慢さは、人間の敵というその陰鬱な玉座を誇示しています。貧しい人でも権威のある人でも同じです。無力で孤独であるにもかかわらず、すべての者を警戒し、すべてのことを複雑にします。

異なる階級の間に、多くの憎しみや敵愾心があるのは、外に対する宿命ではなく、むしろ内面の宿命によるものであることは何度繰り返しても足りないでしょう。利害の対立と状況のギャップが、人間同士の間に溝をつくることは誰にも否定できません。けれども、傲慢さはその溝を深淵に変えてしまいます。深淵の底では傲慢さだけが存在していて、こちらの岸からあちらの岸に向かって、「あなたと私の間には何も共通したところなどない」と叫ぶのです。

知識も権力も「預かりもの」と見なす

傲慢さについてはまったく語りつくしてはいませんが、あらゆる形の傲慢さを説明するのは不可能です。とくに、傲慢さが「知」にまで及んで、知を不毛にしてしまうことはとても恨めしく思います。富や権力と同じで、私たちの知は同胞のおかげです。知は、人間に奉仕するはずの社会的な力です。知識のある人の心が知識のない人のそばに寄り添っていなければ、人間に奉仕することはできません。知が野心の道具に変わってしまったら、知そのものが破壊されてしまいます。

勇敢な人にも傲慢さは存在し、美徳すら憎むべきものにしてしまいます。他人が行った悪事を後悔する正義は、連帯責任と社会的真理のなかに存在します。反対に、他人が過ちを犯したり、奇癖をもっているからといってそれを軽蔑する正義は、人間性を失っています。こうした正義は、虚栄心のむなしい飾りに成り下がり、善意を含まない富や、服従の精神によってやわらげられない権威と似たものになります。

傲慢な金持ちや横柄な主人と同じように、尊大な徳も嫌悪すべきです。そういう徳は、挑発的な態度や表情として表れます。尊大な徳をもつ人は、みんなを引き寄せるどころか遠ざけ、彼に恵みを施された人々は、むしろ侮辱された気がするのです。

結局のところ、私たちの長所はそれがどんなものであれ、虚栄心に奉仕すべきものではありません。それぞれの長所は、それを備えている人にとっては義務をつくりだし、自慢する理由にはなりません。お金、権力、知、心や精神の資質は、傲慢を養うために使われると不和の原因となります。

長所が多かったら、むしろ謙虚になりましょう。そこから私たちが債務者であることが証明されるからです。人間の所有するものはすべて誰かのおかげなのです。私たちは自分の負債を間違いなく支払えるのでしょうか？

地位ある仕事をし、自分の手中に他の人の運命が握られていたら、謙虚になりましょう。洞察力があれば、そんなに重大な義務をとても果たすことができないと感じるはずです。

知をたくさんもっていたら、謙虚になりましょう。知は、未知のものの大きさをより良く把握し、自分たちで発見したわずかなものと他人が苦労して見つけたたくさんのものとを比較することに役立つからです。

徳が高いのであれば、とくに謙虚になりましょう。鍛えられた良心をもつ人ほど自分の欠点に敏感な人はいないはずです。そういう人は誰よりも寛大で、悪いことをする人々のために苦しむことがいかに必要かを感じています。

「より善き者」になるという区別

このように書くと、「どうやって必要な区別をするのですか？　簡素にこだわるあまり、社会が機能するために必要な距離感さえなくしてしまおうというのですか？」という質問が来るかもしれません。

私は、距離や区別をなくせと言っているのではありません。けれども、ひとりの人間を他の人間と区別するのは、地位でも仕事でも制服でも財産でもなく、単にその人自身なのだと思います。

現代はほかのどんな時代よりも、外見上の区別のむなしさが白日の下にさらされています。いまや何者かになるためには、皇帝のマントを羽織ったり、王冠をかぶったりするだけでは十分ではありません。縁飾りや紋章や勲章の綬《ひも》を自慢してなんになるのでしょう？もちろん外見上の印も否定するわけではありません。それらには固有の意味があり固有の役割があります。ただし、それが空虚なものでなく何か意味のあるものを象徴する場合に限ります。それがもはや何にも対応しない場合には、役に立たず、危険なものになります。

区別するための唯一の真の方法は、人間としてほかより価値をもつことです。社会的な区別それ自体が必要で尊重されるべきだと思うなら、まずはあなたがそれにふさわしい人間にならなければなりません。

現代人の間で尊敬の念が減っていることは、残念ながらあまりに明白な事実です。それはもちろん、他人から尊敬されたがっている人を特徴づける固有の区別が欠けているからではありません。この悪しき傾向の原因は、高い地位にある人は生活において毎日の義務を果たさなくてもいいという偏見のなかにあります。高い地位に就くと掟を守る必要がないと思いこんでしまうのです。

こうして私たちは、服従と謙譲の精神は社会的地位が上がるとともに大きくなるばかりであることを忘れてしまいます。結果的に、自分の負担に対して最も多くの尊敬を要求する人は、その尊敬に値するための努力が最も少ないのです。ここに、尊敬の念が減っている原因があります。

唯一必要な区別は、より善き者になろうとしているかどうかという区別です。より善くなろうと努力する人は、その人を尊敬すべき人々にとっても、謙虚で、近づきやすく、親しみやすくなります。そういう人は知られれば知られるほど、高い階級に留まることができます。傲慢でないだけ、さらに多くの敬意を集めるからです。

13

L'éducation pour la simplicité

簡素のための教育

簡素な生き方がとりわけ精神の指導の産物であるとするなら、教育はこの領域にとても大きな影響を与えることになります。

子どもの育て方には、基本的に二つしかありません。

第一の育て方は、子どもたちを親自身のために育てること。

第二の育て方は、子どもたちを子どもたち自身のために育てること。

親のために子どもを育てるデメリット

前者では、子どもは親の付随物と見なされます。子どもは親の財産の一部であり、親の所有物のなかに居場所を与えられています。

両親が愛情生活を重んじている場合には、その場所は最も高いところにあります。両親にとって物質的利益が最も大事な場合は、子どもは第二、第三、あるいはいちばん下に追いやられます。いずれにしても、子どもはひとりの人間ではありません。幼いときには、服従からだけでなく、全存在とすべての決断が親に従属しているために、子どもは親の周りをうろうろしています。

親自身のために育てられた子どもたちが大きくなるにつれて、従属はより強くなり、考え方も感情も、すべてが自分のものではなくなります。大人になっても未成年者の状態が続くのです。自立心がゆっくり育っていく代わりに、奴隷状態が進んでいきます。

子どもは親が思い描いているとおりの者、つまり、親の商売や工場や、あるいはまた宗教や政治的意見や、美的センスに左右されます。そして、常に親の絶対主義の枠組みと方向性のなかで考え、話し、行動し、結婚し、あるいは家族をもったりするでしょう。

こうした家族的絶対主義は、特別な意志をもたない親にも見られます。良い秩序を保つためには子どもは親のものであることが必要だと親が思いこんでいさえすればいいのですから。

親にそれほどのエネルギーがない場合には、ため息とか懇願とか俗っぽい誘惑といった別の手段で子どもを自分のものにしようとします。子どもを鎖につなぐことができなければ、鳥もちで捕らえたり、罠にかけたりするでしょう。いずれにしても、子どもは親のなかで、親によって、親のために生きることになります。それしか許されていないのですから。

この類いの教育は家庭で行われているだけでなく、大規模な社会的組織においても見られます。大組織の主な教育的機能は、新人に言うことを聞かせて、有無を言わせず既存の枠のなかに閉じこめることなのです。神政団体（訳注：宗教的統治と政治的統治を同時に行う団体）であれ、共産主義団体であれ、単に旧弊な官僚的団体であれ、個人を集団のなかに埋没させ、啓蒙して、吸収するための教育です。

外から見れば、このようなシステムはすぐれていて、簡素な教育かもしれません。人間が何者でもなく単に民族の一員にすぎないのなら、この教育法は完璧でしょう。同じ種類のすべての野生動物や魚や昆虫が身体の同じ部位に同じ縞模様をもっているように、もし人間が自分が属する民族の一員にすぎないのだとすれば、誰もが同じ嗜好をもち、同じ言語をもち、同じ信仰と同じ傾向をもつでしょう。

けれども、人間は単に民族の一員ではありません。人間はそれぞれ違っているので、個人の考えを弱くさせて眠りこませ、ついには消してしまうためには、数えきれないぐらいの手段を発明する必要があります。その目的は部分的にしか達成されないので、結局すべてのものが常に混乱のなかに置かれます。絶えずどこかに亀裂が生じ、そこから人間の内面の自発的な力が激しく噴きでてきて、爆発や衝撃や大きな混乱を引き起こします。そこからは何も生まれず、外的な権限に抑えこまれた場合には、奥のほうに害悪が潜んだままとなります。見かけの秩序の下に、ひそかな反抗心や、異常な生活で生じた重大な欠陥や無気力や、さらには死が隠されているのです。

このような結果を生む教育システムは悪しきものです。どんなにシンプルに見えようと、根底は複雑きわまりないからです。

子どものために子どもを育てるデメリット

第二の育て方はまったく逆です。子どもを子ども自身のために育てるので、役割は逆転します。親は子どものために存在するのです。

子どもは生まれたとたんに中心的存在となります。白髪頭の祖父も、がっしりした頭の父も、巻き毛の子どもの前に頭《こうべ》を垂れるのです。

子どもが片言でしゃべったことが親にとっては掟になります。それには、ちょっとした合図で十分です。夜中にゆりかごのなかで少し強い叫び声がすると、どんなに疲れていようが家じゅうの者が起きだします。赤ん坊はすぐに自分が全能であると気づきます。まだ歩けもしないころから、権力に目がくらんでしまうのです。

大きくなるにつれて、子どもの権力はどんどん強くなります。両親も祖父母も使用人も先生も、みんなが子どもの言うなりです。隣人から敬意を表され、場合によっては隣人がその子の犠牲になることさえあります。

子どもは自分の通り道に誰かがいることも許しません。自分しか存在しないのです。自分は唯一無二で、完璧で、過ちを犯さない存在です。

あとになってから人々は〝王様〟を背負いこんでしまったと気づきますが、ときすでに遅しです。それにしてもなんという〝王様〟なのでしょう。誰かが自分の犠牲になってくれたことなど忘れていて、尊敬や同情心もないのですから。その子は、世話をしてくれている人たちのこともまったく意に介さずに、何にも束縛されずに好き勝手に生きていきます。

この教育法はまた社会の形態をもつくっており、過去に目を向けずに生きている人たちとともに新たな歴史が始まっています。

伝統も規律も尊敬もなく、最もわかっていない人が最も偉そうに主張します。公的秩序を代表すべき人は、大声で叫ぶだけで誰も尊敬せずに大きな顔をしている人を気にかけます。そういうところではどこでもこの教育法が幅を利かせているのです。この教育法では、情熱は長続きせず、何も知らない者が好き勝手することになります。

「その子の人生」のために子どもを育てる

二つの教育法を比べてみると、前者は環境を賛美し、後者は個人を賛美しています。また前者が伝統の絶対主義であるとすれば、後者は新参者の専制状態と言えましょう。私は両者とも不幸な結果をもたらす教育法だと思います。

けれども、最も不幸なのは、この二つが組み合わされ、羊のように従順な精神と、反逆や支配の精神との間で絶えず揺れ動いている、半分はロボットで半分は暴君であるような人間をつくりだしてしまったときでしょう。

子どもを子ども自身のためにだけ育てるのもよくなければ、親のためにだけ育てるのもよくないのです。人間は小説の登場人物のようであることも手本であることも運命づけられてはいないのですから。

子どもはその子の人生のために育てなければなりません。教育の目的は、子どもが人類の活発な一員になり、強い兄弟愛をもち、地域に自由に仕える人になるのを助けることにあります。それとは別の原理で教育を行うことは、その子の人生を複雑にし、人生をゆがめ、あらゆる無秩序の種を蒔くことにつながります。

子どもの運命をひと言でまとめるなら、「未来」という言葉が真っ先に頭に浮かんできます。子どもは未来です。この言葉は、これまでの苦労も現在の努力も未来への希望もすべてを語っています。

ところで教育が始まるときには、子どもは「未来」という言葉の意味するところを測れません。なぜなら、その時期の子どもにとっては、現在の印象がすべてだからです。それでは、いったい誰が子どもに説明をし、その後にたどるべき道にまでその子を連れて行ってあげるのでしょうか？　それは両親と教育者たちの役目です。けれども、ほんの少しでも考えれば、教育という仕事は親と教師と子どもたちにだけ関係するのではなく、個人を超えて、社会的権力や公的利害とかかわっているのだとわかるでしょう。

子どもは常に、未来の市民として現れなければなりません。こう考えると、二つの不安が生じると思います。ひとつは子どものなかに芽生える、個人的能力についての不安、もうひとつはその力の社会的使命です。

子どもを教育するときには常に、自分たちが世話をしているこの小さい存在が自分自身となり、同胞を愛する者にならなければならないということを忘れてはならないでしょう。これら二つの条件は、互いを排除し合うものではなく、それどころか分かちがたく結びついているものなのです。

人間は、自分が自分自身の主人でないかぎり、同胞を愛したり、献身的になることはできません。また逆に、誰であれ、生活において表面的に起こるさまざまな出来事を通して、自分という存在の深い源まで下りていかないかぎり、自分が自分の主人になり、他者と自分とを区別しているもののなかに自分自身を把握することはできないのです。存在の深い源においては、人間は、何か親密なものによって他者と結びついていると感じられます。

子どもが自分自身になると同時に同胞を愛する者になるのを助けるためには、無秩序な力の有害な激しい作用から守ってあげなければなりません。

無秩序な力には、外的なものもあれば、内面に存在するものもあります。

誰もが、外では物理的な危険だけでなく、他人の意志による激しい干渉に脅かされています。また、内側では、過度な自意識とその自意識から生まれるあらゆる妄想にさらされています。

外の危険は、教育者の権利の乱用の影響を受けるととても大きくなります。教育には、最も強い権力がきわめてたやすく入ってくるからです。教育を行うためには、この権利をあらかじめ放棄しておかなければなりません。つまり、自分を他人の敵、ときには自分の子どもの敵に変えてしまうような、相手を下等なものと見る意識を捨てなければなりません。私たちの権限は、私たち自身よりもすぐれた他者から影響を受けてこそ、善きものとなるのですから。その場合、私たちの権限は有益であるだけでなく、必要不可欠となり、人間を脅かす最も大きな内的危険、つまり自意識過剰に対する最も有効な防衛手段となるのです。

人生の始まりにおいては、個人的な印象はあまりに鮮烈なので、バランスを保つためには、その印象を、自分よりすぐれた静かな意志のおだやかな影響の下に置かなければなりません。教育者の働きの本来の意味は、できるだけ公正で継続的な方法で、子どもに対してこの意志を代表することです。そうすれば、教育者たちは、この世の尊敬すべきものすべてを代表することになります。

子どもは教育者に対して、自分の人生において、自分の前を進み、自分を追い越し、自分を包みこんでくれる何かという印象をもつでしょう。だからといって、教育者は子どもを押しつぶしたりはしません。反対に、教育者の意志と子どもに与える影響が、子ども自身のエネルギーとなるのです。その結果、実り多い服従心を育てることができ、そこから自由な性格が生まれてきます。

両親や教師や学校といった純粋に個人的な権威は、子どもにとって密生した茨のようなものです。若い植物である子どもはその茨の下ではしおれ、やがて枯れてしまいます。反対に、個人的な権威、尊敬すべき現実にまずは自分がしたがい、その現実に子どもの個人的な空想もしたがわせようとする人間の権威は、純粋で光を放つ大気に似ています。そうした権威はもちろん子どもに力強い影響を与えますが、同時に一人ひとりに特有の生き方を育み、確固としたものにしてくれます。こうした権威なくしては、教育はありえません。

監督し、指導し、反論すること、それが教育者の仕事です。教育者は、子どもにとって、自分の空想を阻止する柵のような存在になってはいけません。その高さに見合う跳び方さえすれば越えられる柵だと見なされてはいけないのです。そうではなく、透明な壁のような存在にならなければなりません。そこを通して、動かすことのできない現実や掟や道しるべや真理が見えると同時に、何をしても対抗できない壁でなければならないのです。

こうして、子どものなかに尊敬の念が生まれます。自分より偉大なものを認め、自分を成長させ、謙虚になることで自分を解放してくれる、そういったものへの尊敬の念が生まれてくるのです。これこそが、シンプルさのための教育の掟です。それは次のような言葉にまとめられます。

「教育とは、自由でありながら尊敬の念を抱き、自分自身でありながら同胞への愛ももっている人間をつくること」

尊敬の念を行動で教える

では、この原則をいくつか実際の例にあてはめてみましょう。

子どもは未来であるという、まさにそのことによって、子どもは先祖への敬愛によって過去に結びつけられなければなりません。私たちは、強い印象を与えるような最も実践的な形で子どもに伝統をまとわせるべきです。だからこそ、教育や家庭においては、昔の人々、思い出、さらには家庭の歴史のための特別な場所が必要なのです。

何かにつけて祖父母を尊重するのは、子どもに向けての親の義務です。親が自分の父親や母親、つまり子どもの年老いた祖父母に対して尊敬の態度で接する姿を見せることほど、子どもの謙虚な気持ちを育む有効な方法はありません。そこには、誰もが抗うことができない永遠の教訓があります。この教訓が完全に力を発揮するためには、家のなかの大人全員に暗黙の了解がなければなりません。子どもの目に、大人たちは連帯して互いに尊敬し合い、理解し合っているように見えなければなりません。そうでなければ、教育的権威は失墜してしまいます。

子どもが目上の人に向かって失礼なことや横柄なことを言ったときには、その子は外れてはいけない道を外れたことになります。そして、両親が子どもに注意することを少しでも怠れば、やがて、自分たちに対する子どもの行動によって、子どもの心のなかに敵が入りこんでしまったと気づくことになるでしょう。

子どもとは、もともと尊敬の念などもっていないと思いこみ、子どもから向けられた無礼の数々の例を挙げる者がいたとしたら、それは間違いです。実のところ、子どもにとって尊敬の念は必要なものです。道徳的な人間は、尊敬の念によって育つと言っても過言ではないでしょう。

子どもは誰かを尊敬したい、何かを賞賛したいという気持ちを漠然と抱いています。ところがこうしたあこがれは、うまく引きだしてあげないと腐り、やがては消えていきます。私たち大人が互いの団結や敬意を欠いていると、日々、子どもは私たちの信条に対して、また尊敬すべきあらゆるものに対して、信用しなくなってしまいます。私たちが子どものなかに悪しき精神を植えつけると、その結果は私たち自身に跳ね返ってくるのです。

多くの人間の心のなかで尊敬の念は次第に減っているように見えます。多くの子どもの心のなかに相互蔑視という悪しき精神が育まれています。こちらでは作業着を着て手がまめだらけの人は馬鹿にされたかと思うと、あちらでは反対に作業着を着ていない人が馬鹿にされるといった具合です。このような精神の下に育てられた子どもは、いずれは嘆かわしい市民となるでしょう。ここには、善意の人々が気づまりを感じることなく協力できる、という簡素さが完全に欠けています。

身の丈に合わない贅沢をさせない

心の簡素さが教育の本質的条件であるなら、簡素な生活は子どもにとっての最良の学校と言えましょう。

あなたにどれほどお金があろうと、あなたの子どもが「自分は他の人より勝っている」と信じてしまうようなことはすべて避けなければなりません。たとえ子どもに贅沢な服を着せることができたとしても、それで虚栄心をかき立てたら、結局は子どもにダメージを与えることになります。子どもたちが、「贅沢な服さえ着ていればほかの人より優位に立てる」などと信じこんでしまう不幸に陥らないように気をつけましょう。簡素な服を着せることです。

反対に、子どもに優雅な装いをさせるために親は倹約しなければならないという状況なら、その犠牲的精神はもっと善きことのためにとっておくことをお勧めします。その犠牲は報われない恐れがあるからです。

本当に必要なことのために貯金すべきお金を浪費すると、あなたは将来、子どもが親に対して恩知らずだと嘆く結果になるでしょう。息子や娘をあなたの財力、ひいては彼らの財力以上のぜいたくな生活に慣れさせてしまうことは危険です。

なぜならそれは、お金の管理がまったくできないことを意味しているからです。さらには、家庭のなかにまで軽蔑の精神を広げてしまうからです。子どもたちに王子様のような恰好をさせることで、自分は親よりすぐれていると思わせてしまえば、結局は子どもが親を馬鹿にするようになっても、なんの不思議もありません。「自分は、本来送るべき生活より落ちぶれた生活を送っている」と子どもに思わせることになります。その結果、お金ばかりかかるだけで、そこにはなんの価値も生まれません。

子どもたちが、自分の両親や環境や風習、そこに見られる労働を軽蔑する結果を招くような教育法があります。そういう教育は大きな不幸です。それは、自分のルーツや出身や親戚、つまり人間の原資をつくるすべてのものから精神的に引き離された「不満軍団」を生みだすだけです。自分を生みだしたたくましい木から引き離されたが最後、野心の風に翻弄されて、枯れ葉のように地面の上をころがっていき、最後にはどこかで積み重なり、発酵して腐っていくのです。

自然は一足飛びに変わっていくのではなく、ゆっくり確実に変化していきます。子どもたちに歩むべき人生の準備をさせるときにも自然を真似ようではありませんか。

進歩や前進を「トンボ返り」と呼ばれる激しい運動と混同しないようにしましょう。子どもたちが労働や理想とするものや簡素の精神を軽蔑しないように育てましょう。子どもが将来金持ちになったとしても、実家が貧しいことを恥じるといった悪しき誘惑に負けないように育てましょう。

農夫の息子が畑を嫌い、船員の子どもが海を棄て、労働者の娘が資産家の娘だと思われたいがために誠実な両親と一緒に歩くよりひとりで町を歩きたがったとしたら、そんな社会は病んでいます。反対に、一人ひとりが、両親とほぼ同じ仕事に就き、最初は両親よりつつましい仕事に甘んじながらも、それを誠実に果たし、いずれは両親より上を目指していくとき、社会は健全だと言えるのです。

シンプルな教育が自由な人間をつくる

教育は自由な人間を育成すべきです。子どもを自由な人間に育てたいなら、シンプルに育てなさい。そうすると子どもの幸せを奪うことになるのではないかなどと考えなくても大丈夫です。まったく反対なのですから。

贅沢なおもちゃやパーティーや洗練された楽しみを与えれば与えるほど、子どもは楽しめなくなります。子どもたちを楽しませたり気晴らしをさせたりするための有効な手段は、控えめにすることです。

とくに、軽々しくなんでも欲しがらせてはいけません。食べ物、衣服、住まい、娯楽、どれをとってもできるだけ自然で複雑でないものにすべきです。子どもたちに楽しい生活を送らせようとするあまり、やたらと人を招待したりショーを見せたりすることで、年齢にふさわしくない興奮を感じさせ、子どもをただの食いしん坊な怠けものにしてしまう親もいます。そうやって、自由な人間ではなく、奴隷を育ててしまうのです。

贅沢に慣れすぎると、やがてその贅沢にも飽きてしまうでしょう。そして、何かのきっかけでそういう安楽な暮らしができなくなると、たちまちその子は不幸になります。あなたも子どもと一緒に不幸になります。そして、最悪なことに、人生の大事な転機がきたときにはすっかり怖《お》じ気《け》づいて、あなたも子どもも一緒に人間の尊厳も真理も義務をも犠牲にしてしまうのです。

ですから、子どもたちを簡素に、そして厳しく育てましょう。たくましく鍛え、ときには少し不自由さを感じさせましょう。ごちそうを味わわせてふかふかのベッドで寝かすのではなく、硬いベッドで寝ることもでき、疲れにも耐えられる人間に育てましょう。そうすれば、自立して、人からあてにされるしっかりした人間、わずかな安楽のために自分を売ったりせず、しかも誰よりも幸せになる能力をもった人間になるでしょう。

あまりに安易な生活は、生命力に一種の倦怠感をもたらします。妙に醒めていて、なんにでも幻滅を感じ、何をしても楽しめない若くして年老いているような人間をつくりだします。今日、そういう子どもや若者がどれだけたくさんいることでしょう。忌まわしいカビのように、私たちの懐疑主義や悪徳や、私たちと一緒にいることで身についてしまった悪しき習慣の足跡が、子どもたちに貼りついているのです。しおれた若者は私たち自身に反省を促します。影のような若者たちは、真に生きている人たちと対照的に私たちにこう語っています。

「幸福とは、活動的で、機敏で、情念や偽りの欲求や病的な興奮などに縛られずに、日の光や呼吸する空気を楽しむ力を身体のなかに保ち、高潔でシンプルで美しいすべてのものを力強く愛し、感じることができる力を心のなかにもち、真に生きていると言える者になることにある」

素直な勇気を育てる

不自然な生活は、不自然な考え方と曖昧な発言をつくりだします。健全な習慣、強い印象、現実との日常的な接触が、自然と率直な発言をもたらします。

嘘は奴隷の悪徳であり、臆病者や軟弱者の避難場所です。自由でしっかりした人は率直です。子どもたちが、ためらわずに自分の思っていることをなんでも言える「幸福な勇気」を身につけることができるように励ましましょう。

私たちはしばしば、大きな群れにとっては「行儀がいい」の同義語である画一性をもたせるために、子どもの性格を抑えこんで平均化してしまいます。自分の頭で考え、自分の心で感じ、真の自分を表現するなんて、なんと不作法で粗野なことなのだろうと言わんばかりです。一人ひとりに存在理由を与えている唯一のものを押しつぶしつづけるとは、なんという凶暴な教育なのでしょう。

私たちは、罪深くも、どれだけたくさんの魂を殺してきたのでしょう。銃床で叩きつぶされた者もいれば、二枚の羽毛布団にはさまれて窒息した者もいます。自立した人間をつくらないようにとすべてが共謀しているかのようです。

小さいときには、絵や人形のようになれと望まれ、大きくなるとみんなと同じ、つまりロボットのようにならない限り愛してもらえない。つまりひとりを見るだけで全員がわかるという存在です。だからこそ、個性と自発性が欠如し、味けなさと単調さが私たちの生活のトレードマークとなってしまっているのです。
しかし、真理が私たちを解放してくれるはずです。常に自分自身であり、わめくことも小声になることもなく、堂々と自分の思っていることを言える子どもに育てましょう。誠実さがいかに大切であるかを教え、どんなに重大な過ちを犯しても、それを自分から告白するかぎり、隠し立てしなかったことを褒めてやろうではありませんか。

教育者としての心づかいにおいては、率直さに素朴さを加えましょう。少し粗野ではあるものの、優しくこんなにも思いやりのある子どもに、できるだけの敬意を払いましょう。子どもをびくびくさせてはいけません。いったんある場所から逃げたら、戻ってくることはめったにありません。

素朴さは真実の兄弟であるだけでなく、一人ひとりの資質の守り神であり、教育したり啓蒙したりする力もあります。私たちの周りには、恐ろしい眼鏡と大きなハサミで武装して素朴なものを見つけだしては、その翼を切り落とそうとしている、実証主義者を自称する人間があまりにたくさんいます。そういう輩は、生活からも思想からも教育からも素朴さをしめだし、夢の領域からも素朴さを追いだそうとします。そして、子どもたちを大人にするという口実の下に、子どもが子どものままでいることを妨げようとします。まるで、果実が秋に熟すまでには、花や香りや歌や夢のような春の季節が必要だったことをすっかり忘れているかのように。

子どもたちの巻き毛の周りに漂っている無邪気な優しさのためだけでなく、伝説や素朴な歌や、不思議の国や神秘の国の物語のためにも、素朴で簡素なすべてのものをそっとしておいてほしいのです。

不思議なものへの感性は、子どもにおいては、無限のものに対する感性の最初の形です。人間はそれなくしては、翼をもがれた鳥のようになってしまいます。低俗さにとらわれずにさらに高いところに行き、のちには、過ぎ去った時代の心打たれる敬虔なシンボルを評価する力をもちつづけさせるために、子どもから不思議なものを取りあげないようにしましょう。そうしたシンボルのなかにこそ、私たちの無味乾燥な理屈では代わることのできない豊かな表現によって人間の真実が表されているのですから。

Conclusion

結論

簡素な生き方の精神やその具体的な形を描くことで、そこには力と美が備わった忘れられた世界があるということがおわかりいただけたと思います。

私たちの生活をかき乱している無用なものを手放すのに十分なエネルギーをもっている者は、その世界を征服できるでしょう。その人は、表面的な満足や稚拙な野心を棄てることで幸せになる力や正義を行う力をさらに強くすることができると、いずれ気づくときがくるでしょう。

この結論は、公的生活だけでなく私生活にもかかわるものです。

有名になりたいと欲する熱病と闘い、欲求を満たすことを活動の目的とすることを止め、つつましい趣味と真の生活に立ち戻ることで、家庭をいっそう強固な存在にできるはずです。すると、家のなかに新しい精神が芽生え、子どもの教育に好ましい環境と新しい習慣がつくりだされます。息子や娘たちはだんだんと、より高く、しかも現実的な理想の場所に導かれていると感じるでしょう。

こうした家庭内の変化は、やがては社会性にも影響を及ぼします。壁の頑丈さは、石の粒と石をつなぐコンクリートの密度とに左右されるように、社会生活のエネルギーは、市民一人ひとりの価値とその団結力にかかっています。

現代人が頭を抱えている大きな問題に、社会的要素としての個人の教養の問題がありま す。今日の社会組織においては、すべてがこの要素に立ち返ります。この要素をなおざりにすることによって、進歩という恩恵を失うだけでなく、最も粘り強い努力を私たちの敵に仕立てあげてしまう恐れもあるのです。

ある労働者が絶え間なく改良されていく機械を使っていて、その労働者自身の価値が下がっているとしたら、その機械はなんの役に立つというのでしょう? 分別も自覚もないままその機械を操作している労働者のミスがさらに悪化するだけではないでしょうか。

現代の大がかりな機械の仕組みはとんでもなくデリケートです。悪意や無能さや腐敗は、かつての社会に見られた、多少なりとも原始的だった組織におけるのとは違う、恐ろしい混乱を引き起こすかもしれません。だからこそ、どんな形であれ、こうした機械を稼働させるのに貢献すべき個人の資質に注意しなければならないのです。

しっかりとしていると同時に人付き合いもよく、自分自身でありながら同胞も愛するという生き方の中心となる「掟」を常に心のなかにもっている個人であってほしいものです。私たちのうちにあるものも外にあるものも、すべてがこの掟の影響の下にシンプルに統合されます。この掟はすべての人に共通しており、一人ひとりが自分の活動をこの掟に引き戻さなければなりません。なぜなら私たちの本質的な利益は、互いに反するものではなく、同じものだからです。簡素の精神を養えば、社会生活にはさらに強い団結がもたらされるでしょう。

社会生活がばらばらになって崩壊の危機に瀕している現象の原因はひとつです。連帯感や団結心の欠如です。階級や党派や地域ごとの些細な利益の対立や、個人的な充足感の激しい追求は、社会の福祉とは反するものであり、結果的に、個人の幸福をも破壊するということについてはどんな言葉を使っても語りつくせません。

一人ひとりが個人の充足感だけに気をとられている社会は無秩序です。決して妥協しようとしないエゴイズムの対立から引きだされる教訓はそれがすべてです。

私たちは、自分に名誉を与えるためではなく、利益だけを与えるために家庭を引き合いに出す人々にあまりに似ています。どんな社会階級においても権利の要求ばかりです。誰もが自分を債権者だと思っていて、債務者だと認める人はいません。同胞との関係も、愛想のいい口調で、あるいは横柄な口調で近づいては、その負債を支払わせようとする人ばかりです。こんな精神をもってしては、何ひとつ善きことになど到達できません。なぜなら、それはつまり、特権の精神であり、公共の掟の永遠の敵であり、お互いが理解し合うことに対する絶え間ない障害となるからです。

エルネスト・ルナン氏は、一八八二年に行った講演において、「国家は精神的家族である」と言い、「国家の本質は、すべての個人がたくさんのものを共有し、全員がたくさんのことを忘れていることにある」と付け加えました。

過去においてだけでなく、毎日の生活においても、何が忘れなければならないことで、何が覚えておかなければならないことかを知っていることが大切です。私たちを互いに分けるものは記憶に残っているのに、私たちを結びつけるものは消えてしまいます。誰でも、思い出の最も輝かしい点として、自分の付随的資質については強く鋭く覚えているものです。つまり、自分は耕作者であるとか、工場経営者であるとか、学者であるとか、役人であるとか、プロレタリアであるとか、ブルジョワであるとか、あるいはまた、どこかの政治党員であるとか、ある宗教組織の一員であるといったことです。ですが、本質的な資質、どこどこの国で生まれたとか、さらに人間であるといったことは隅に追いやられています。そのことについては、せいぜい理論的な概念をもっている程度です。したがって、私たちの心を占め、私たちに活動を強いるものは、まさしく自分を他人から隔てるものであり、同じ国民の魂といった団結の精神の居場所はほとんどありません。

その結果、私たちは好んで、同胞の精神のなかに悪い記憶を植え付けることになります。排他的で高慢で利己的な精神に毒された人間は、日々互いに傷つけ合います。顔を合わせるたびに、互いがライバルであり、手を結ぶ関係にないということを意識せずにはいられません。こうして、その記憶のなかに、悪意や警戒心や恨みの感情がどんどんたまっていきます。それはすべて、悪い精神がもたらす結果なのです。

そのような精神を私たちの環境からしめださなければなりません。

「思いだせ、忘れよ！」

毎朝、そして私たちの人間関係や仕事においても自分自身にこのことを言い聞かせる必要があるでしょう。本質的なことを思いだし、付随的なことは忘れるのです。どんなにしがない立場にある人も、どんなに高い地位にある人も、この精神を養ったとすれば、誰もが市民としての義務をよりよく果たすことになるでしょう。そして、愛すべき活動の種を蒔き、不本意ながら「覚えておけ、絶対に忘れないからな!」などという心に憎しみを与えるような言葉を口にすることにさえならなければ、隣人の心のなかにどんなに良い思い出がつくられることでしょう。

簡素の精神は、偉大な魔術師です。ざらついた心をなめらかにし、クレバスや深淵の上に橋をかけ、人と人の手と心をつなげます。その精神は、無限の形をとって表れます。境遇や利害や偏見の壁も乗り越えて簡素の精神が表れて、最悪の障害も乗り越え、別れ別れになっているすべての人が互いに理解し合い、評価し合い、愛し合うことができるようになることほど、賞賛すべきものはないでしょう。

これこそが社会の真の結合剤であり、その結合剤によって国民がつくりだされるのです。

訳者あとがき

本書は、一八九五年にフランスで刊行されたシャルル・ヴァグネル著〝La vie simple〟の邦訳である。原書は各国語に翻訳され、ときの米大統領セオドア・ルーズベルトに絶賛されたことで人気に拍車がかかり、欧米でミリオン・セラーになった。

一八九五年といえば、欧米では、産業革命後の工業化によって物質的に豊かになるとともに貧富の差が激しくなっていった時代だ。日本では明治時代、日清・日露戦争が勃発した時期に重なる。人々が富を追求し、社会が複雑化していたとはいえ、私たちが想像する一二〇年前の人々の暮らしぶりは素朴そのものだ。

ところがその時代にヴァグネルは、「人は物質的に豊かになればなるほど満足しなくなり、真の人間らしさが失われていく。人間らしさとは簡素な生き方、つまり簡素な精神にある」と説いているのである。考え方、言葉、家庭、教育……といった各分野についての彼の主張は、驚くほど現代にもあてはまる。

「私たちの祖先は、人間は必要なものをすべて持てるようになったら、もっと自立してもっと幸福になり競争もなくなる、と想像したに違いない。だが、現実はどうだろう」。

瞬時に世界の情報が手に入り、ワンクリックでどんな商品でも即座に自宅に届くこの時代にこそ、ヴァグネルのこの言葉の重みが感じられるのではないだろうか。

最後に、この名著を新訳するという大役をおまかせくださった編集者の青木由美子さんに心から感謝の意を表したい。

二〇一七年　新春

山本知子

シャルル・ヴァグネル
Charles Wagner [著者]

フランスの教育家、宗教家。
1852〜1918年。
プロテスタントの牧師を経て
「たましいの故郷」という寺院を創立。
社会教育、初等教育の発展に貢献。
近代フランス初等教育を宗教から独立させ、
無月謝の義務教育として確立させた。
著書に『正義』『青春』『剛毅』
『生きるすべを学ぶために』
(いずれも邦訳なし)など。

山本知子
Tomoko Yamamoto [訳者]

1958年東京都生まれ。
早稲田大学政治経済学部政治学科卒業。
東京大学新聞研究所研究課程修了。
フィクション・ノンフィクションとも
幅広く手がける仏語翻訳家。
訳書に、『星々の蝶』『がんに効く生活』
(ともにNHK出版)、
『中国の血』(文藝春秋)、
『カラシニコフ自伝』(朝日新聞出版)、
『タラ・ダンカン』シリーズ
(KADOKAWA/メディアファクトリー・一部共訳)などがある。

簡《かん》素《そ》な生《い》き方《かた》

2017年2月14日　第1刷発行
2025年3月6日　第5刷発行

著者　シャルル・ヴァグネル
訳者　山本知子《やまもとともこ》

翻訳協力　株式会社リベル
装幀　櫻井 久 + 鈴木香代子
(櫻井事務所)

発行者　篠木和久
発行所　株式会社 講談社
〒112-8001 東京都文京区音羽2-12-21
電話 [編集]03-5395-3522
[販売]03-5395-5817
[業務]03-5395-3615

印刷所　株式会社新藤慶昌堂
製本所　株式会社国宝社
本文データ制作　講談社デジタル製作

ISBN978-4-06-220213-8